猎户诗丛·朵渔主编

迷雾与索引

蒋立波诗选 2009—2019

蒋立波 著

山西出版传媒集团 北岳文艺出版社
BEIYUE LITERATURE & ART PUBLISHING HOUSE

图书在版编目（CIP）数据

迷雾与索引：蒋立波诗选：2009—2019 / 蒋立波著 . — 太原：北岳文艺出版社，2020.10

（猎户诗丛 / 朵渔主编）

ISBN 978-7-5378-6275-2

Ⅰ．①迷… Ⅱ．①蒋… Ⅲ．①诗集—中国—当代

Ⅳ．① I227

中国版本图书馆 CIP 数据核字 (2020) 第 164699 号

书　　名：迷雾与索引：蒋立波诗选：2009-2019
著　　者：蒋立波
责任编辑：赵　婷
装帧设计：傅　远
出版发行：山西出版传媒集团·北岳文艺出版社
地　　址：山西省太原市并州南路 57 号
邮　　编：030012
电　　话：0351-5628696（发行部）
　　　　　0351-5628688（总编室）
传　　真：0351-5628680
网　　址：http://www.bywy.com
E - mail：bywycbs @ 163.com
经 销 商：新华书店
印刷装订：天津午阳印刷股份有限公司
开　　本：880mm×1230mm　　1/32
字　　数：128 千字
印　　张：6.5
版　　次：2020 年 12 月第 1 版
印　　次：2020 年 12 月天津第 1 次印刷
书　　号：ISBN 978-7-5378-6275-2
定　　价：45.00 元

目录

冬日来临

冬日来临。昨夜蒙霜的窗玻璃上
手绘出丝绒般精致的图案。

清洁工的扫把，抹除凛冽中起伏的阶级，
和豆浆一起翻滚到胸口的冤屈。

那拖曳着的几粒寒星像老式有轨电车擦出的
火花，为早起的小学生分发冰冷早点。

公园里被剪矮的树枝，像一架架崎岖的鹿角
顶住浓雾中越来越低的天空。

书桌是另一片郊区。上世纪的一封信还没有写完，
寒气已经冻住墨胆里最后一滴墨水。

笔尖赞同婴儿的吮吸，枯枝赞同那只拍翅而去的飞鸟，
因为枯山水里仍有秘密的泉涌。

而在更幽暗的深处，蚯蚓蜷曲着躯体，
将一个泥土般沉默的祖国吞咽。

2018 年 11 月 29 日

清晨的白粥

两只包子。一枚蒜头。几粒花生。
一碗善良的白粥照见我孤儿般的脸，
这一日的奔波和疲倦；照见灰霾，
那隔开我们的危险的颗粒物。
几根凛冽电线，托举起头顶更加疲倦的天空，
汽车尾灯像你昨晚熬红的眼睛仍在雨水中
逼视被雨刮器反复擦拭的沮丧。
探头侦查公共区域里探头探脑的私人修辞。
主妇刚刚剖开的带鱼，等待抚慰伤口的盐粒。
昨晚的蛙皮收留过你悬停的尖叫，
但我们无法阻止一座无知所建造的道观
那不为人知的持续的坍塌。
每一个早晨其实是同一个早晨，
每一碗稀粥其实也是同一碗稀粥，
曾被那么多无用的愤怒熬煮。但我必须感谢
一碗从沸腾的早高峰里悄然折返的白粥，
再一次平息中年的虚妄和夏日第一声
从蚯蚓拱起的身上碾过的远雷。

2019 年 5 月 15 日

雨中读到一则新闻，时蝉声大作

下山路上，蝉声像另一场雨由远而近
擦拭每一个毛孔暗藏的单簧管。

我惊讶于它振动耳膜的音量，那腹部剖开的嘹亮，
似有深埋的沉冤需要从腐叶下挖出。

满山草木醉于一夜狂饮，
如发烫的插座孔里，充电器酣畅的俯首掬取。

松针一层层覆盖，那紧紧簇拥的尖锐
从漫长的睡梦中被瞬间唤醒。

仿佛我身体里的现场已被指认，那些被螳螂的挖掘机
活埋的蚂蚁、螽斯、果蝇、飞蝗、幼蛾

在故作中立的新闻语言里纷纷睁开眼睛。
但鹅耳枥的耳朵已经聋掉，只有租来的雨伞

向我出借伞柄上倒挂的问号。据说正义已经到来，
一副巨石压碎的骨架却仍在寻找丢失的残肢。

铲斗卷刃的地方，词语的指甲刨向灼热地心
——这曾被少年晨跑的脚步反复夯实的泥土！

而更绝望的是，诗从未抵达过这样一个深度：
诗，终于被迫成为一门关于白骨和冤魂的考古学。

对于从枯木里拱出头颅的蘑菇，我已经迟到，
如同对于满山的浓雾，蝉鸣从不负责阐明。

甚至蝉鸣里的金属也在朽烂，我日复一日地写作
是否仅仅是对正义的一次次误译？

2019 年 6 月 23 日

友人在微信里说及蛇缠

友人在微信里说及蛇缠：一种带状的疱疹，
以硫磺般的烈焰烤炙无辜的皮肤。
莫非那无法删除的罪真的在一圈圈勒紧我们？
恍惚中我看到伊甸园里的那条蛇，
仍在向我递来分岔的舌头，一个新的亚当
仿佛随时准备在我的身体里诞生。
或者说，他从来没有死去，也未曾衰老，
我和他，像两个敌意的云团，在这个闷热的傍晚
剧烈地相撞。那狂暴的摩擦接近于一场对白
无意中触及古老病毒的当代变体。

2019 年 5 月 29 日

成像学

那是一个深秋的夜晚，乡村公路上，

一只瘸腿的狗突然横穿而过。

有那么一个瞬间，在汽车大灯刺目的光束中，

它站在那里凝然不动，

像一尊雕塑：那曾被黑暗凿刻的惊惧，

被抛掷给过于耀眼的光明。

在如此切近的距离里，

在这样一个猝不及防的时刻，

它眼睛里的惶恐与无助利爪一般将我攫住。

这样的瞬间仅仅持续了两三秒，

就像是一次临时的焊接，

就像是我身体里永远不会交出的黑暗的秘密，

被意外地焊接到了一只狗的身上。

它高高拎起的一条受伤的腿，如此醒目

犹如一截漆黑的烙铁被焊接于

经验与想象之间最小的那道缝隙。

许多年之后，这条高高拎起的受伤的腿，

仍然在生命的感光层上一次次曝光，

最终成像为一个诚挚的问候。

2019 年 2 月 10 日

河堤上见到的三个人

在河水与小区之间的河堤上，我遇到
一个跟我一样撑着雨伞走路的发胖的女子，
从河堤的两端各自返回的路上，
我们再一次相遇，她不经意的一瞥让我感觉到
仿佛我是她减去某些部分之后的一个余数。
另一个是手执长鞭的武师，一边鞭打一枚陀螺
一边运气、出招，单脚而立的姿势
像一只在危险的平衡中掌握自己的鹤。
第三个是倒退着走路的老人，
他逆着河流的方向，手中握着的拐杖
已经敲不出老干部体的韵脚，
却仍在模仿格律的权杖。
这个早晨，这三个人同时在我的体内走动
或者交换各自雨雾中模糊的形象。
第一个：向我索要另一条瘦身的河流。
第二个：在相同的耻辱中赠予我鞭痕。
第三个：老年斑一般醒目的倒带键。仿佛一按下
就将快速回到童年，将夏日的蝉鸣再次播放。

2019 年 9 月 2 日

端午研究

这么多年，他一直活在我的身体里。

他从来就没有真正地死去，

他成为我的骨骼和肌肉，我的喉管、食道和胃，

肺泡里真理一般不容置疑的锈铁和灰尘。

五花八门的粽子越来越多，像他不断繁殖的后裔

仍然被一根罪的绳索五花大绑。

语言包裹的现实，或者现实之上翻涌的迷雾

仍然无法被国家档案馆尘封的抽屉归类。

那么多无辜的米粒簇拥在一起，代替他

跃入另一条被颂词反复煮沸的河流。

这么多年，他仍然徘徊在赴死的路上，

像冒烟的油锅里用尾巴反复抽打自己的鱼。

拨动龙舟的桨橹，如僵死的蜈蚣突然伸出的利爪

抓破他峨冠博带的形象。

这么多年，他在自己的祖国上访，向我传授

勒痕的诗学与在淤泥中换气的技艺。

他成为我身体里的钉子户，一根卡在历史出口的鱼刺。

我在岸上，他像我的影子在水里，嫁接成一棵

在无休止的折断中蓬勃生长的嘉木。

这么多年，我每年一次为他松绑，替他卸下

苦苦背负的唯一的行李：祖国。

他像一块被征用的石头，抓着一枝艾草不肯下沉。

2019 年 6 月 9 日

想像一块石头滚下山坡

整个晚上，头枕穿村而过的溪水。
我一直等待着一块石头，
从高处滚下来，
并且听到它落到山脚的钝响，以及
山谷送回的一圈一圈回声。
我知道这纯粹出于想象，这块我早年的诗歌里
反复出现过的石头，它依然
安静地待在山顶上，
像一件时间里寄存的礼物，不可能
在今夜被我轻易得到。
它像史蒂文斯的那只坛子，让四周的荒野
无意中朝向那"最高的虚构"。

2015 年 11 月 11 日

站在苍蝇这一边

早晨起来，我在木质楼梯上看到
一只只冻僵的苍蝇，那依然碧绿的头颅，
如同一枚枚细小的纽扣徒劳地
扣紧冷风中松开的怜悯。
复眼里替我们储存的亿万张照片
等待着冲洗，但宇宙的暗房已永久关闭。
世界的血开始冷却，
就像我二流的忠诚在低音里
触摸到祖国微凉的体温。
翅膀比殓衣更薄，像微微颤动的机翼
似乎还在努力捕捉起飞的信号。
这永久取消的航班，晦暗的盲道，
退化的上颚与下颚之间咬紧的
失去联系的上下文。
绝望之处在于，它们已找不到
为自己播放哀乐的同类。
而更绝望之处在于，站在苍蝇这一边
偏见比偏旁更偏离歧义丛生的航线。

2019 年 11 月 11 日

午夜烧烤店的朗诵

声带张开，来自喉管的基音穿过声门裂的狭窄地带，
南下的冷空气被逼入一个等腰三角形。
几乎已经闻得到焦煳的道德。冻僵的长脚蚊
收起螺旋桨的嗡鸣，与蒙面的壁挂式电扇一起
为冷血的伦理站台。低音区里，求偶的形容词被动词
又一次拒绝，破折号在龙虾身上弯曲成问号；
鸭脖仿制的麦克风，传递一颗病牙渐渐松动的立场。
河豚翻白的眼睛仿佛在替我睁开，

烤串上的蘑菇，像集体昏聩的耳朵突然竖起。
但我的羞愧在于，我无法为你们的朗诵而热泪盈眶，
我的双掌也不可能为穿防弹衣的嗓音而拍响。
几乎突然安静了下来，只有啤酒在滑向胃窦的悬崖；
几乎听得到为卷舌音而饱受折磨的舌头
重新弹开时如获大赦的声响。仿佛只有在这时
悬铃木的球果才可以安然落到人行道上，
像一串不连贯的省略号，节省我们被寒雨制冷的悲凉。

2019 年 10 月 29 日

分拣员语录

——给何元平

你在微信群里说，最怕 11 月 11 日这个日子。

不是因为"剁手"，而是雪片般四面八方涌来的快件，

传送带上急速滑过的地址、名字和手机号码

等待着你分拣，那些鞋帽，衣服、玩具，和化妆品。

如同在一本词典里分拣出属于你的词，那些隐秘的

冲动、狂喜、觊觎、羡慕……欲望的总和，

无限繁殖的孤独，或深渊里等待打捞的虚妄，

但你只能分拣出属于你的那一份茫然。

这是一个节日吗？尽管它只向无意义求偶；

这是一个被祝福的悖论？却只馈赠无边的吞噬。

你只拥有这份无人知晓的职业，工号、门禁卡与手指，

如同你默默写诗，把自己隐身于鱼群般涌动的人流。

"进入分拣中心，必须把手机上交。"这意味着

你必须彻底切断和世界的联系，把自己交托给物。

你在微信群里长久地失声，像一个词那样哑默。

你被迫成为物的同义词，或荒诞的同义反复，

在词与物的暗暗较劲中，被一支扫码枪偶然分拣。

2019 年 10 月 29 日

嗅辨师语录

——给阿剑、步红祖

在老国企宾馆那灰蒙蒙的早晨醒来。

铁锈味的鸟鸣，沿着废弃的轨道慢慢滑行，

像昨夜卡在我喉咙里的语录集体获释。

时间急于找到它的证人，像一个丧失嗅觉的嗅辨师

我试图在空气里捕捉到可疑的化学，

但除了我自己的灰发，显然没有获得更多的证词。

或许煤灰的惩戒仍在继续，水杉叶的针芒对质

香樟过于浓烈的芬芳。量杯里的试剂试图

在狭窄的分歧中发明一种五脏俱全的辩证法。

草木仍有经霜的蓬勃，胸腔里垂挂的肺叶如一只

没有落下的汽锤，悬停于超现实的迷雾。

高大的烟囱跑过来告诉我，心，不妨更灰一点。

因为即便心死了，灰仍然固执地活着，

如同意志的抓斗攥紧比焦炭更多的沮丧。如同

轴承停止了转动，但那些齿轮与螺母在梦中

仍然像情人的舌头在绞合、拧紧。

昨天我们还和一长排版画里的劳模合影，

木刻的记忆显然比现实更接近真实，就像隔着雾

你反而可以在人群中更快地找到沉默的替身。

在诗人们高声的谈论中，一枚枚住在身体里的

螺丝钉一声不吭，被拧进后工业的装置。
冰柜里的雪在加速消融，嗅辨师的鼻尖如鸟喙啄开
变暖的空气，嗅辨出逃逸的氟利昂。

2019 年 10 月 27 日

反讽之雾

早晨起来，从巨洋饭店二十七楼的落地窗口上眺望
远处的长江，中间隔着一层薄雾，
只能辨认出江水模糊的轮廓。就像茶几上刚刚打开的
一本多语对照诗集，若干个语种之间弥漫的
一场更大的雾。我试着用汉语朗读它们，
舌根音、唇齿音、塞音、浊音……那么多陌生的音节
艰难地滑过拥堵的喉管，在异国的空气中轻轻引爆。
雾在小心地避让，躲闪，仿佛我滞重的声带里
真的埋伏了一截雷管。只有原文喑哑着，
像蹲在旁边的剃须刀，含着满嘴的胡须默不作声。
昨天我还刚刚见过这位意大利诗人，
在颁奖大厅外握手，合影，但无法用语言互相交流。
好在我认识他诗集里写到的雪茄、大衣、领带、
洗衣机、厨房、镜子、戒指、壁挂炉，
以及呼吸、幻想、感染、国王和被遗弃者①。
他也写到了雾，"这不知所措的牛奶之雾"，
只是我不能确定，这"使噪音的粗鲁下沉"的雾

---

① 这些短语均系意大利诗人、"临界现实主义"诗歌运动创始
人奥尔达尼诗集《沥青上的脸颊》中诗的题目。

是不是罗马或威尼斯的雾？那"沥青上的脸颊"

有没有留下压路机履带的齿痕？

唯一可以确定的是，我从主持人宣读的授奖词里

听到了一个词：反讽。是的，他的雾也是

反讽的，一种临界的"现实主义"，它不可能被翻译，

如同不断嵌入我们身体的假肢和假牙。

2019 年 10 月 17 日

叔本华与蝉的对话

阿图尔·叔本华，一只厌世的青蛙，一生致力于

对女人、噪音和学院哲学家的尖刻批判，

但初夏的鸣蝉再一次反驳了他。

像一种冒犯，其中必然另有深意，

一只独来独往的蝉，深夜造访枯寂的书房，

咬住一册久被冷落的书的边沿。

"这地方性的鸣叫与一本书里词的缄默之间，

一根弦索绷紧如药柜里躬身的蝉衣。"

附录和补遗？或许是的。

在聒噪的复数之外，

它或许只想寄身于意志与表象的缝隙，

像一枚剩余的标点，嵌入盲文般无法触摸的世界。

在反复的删减之后，一个必然的余数

拒绝归于"0"的死寂。

地心暗哑，少年的回力牌球鞋向塑胶跑道

回收诗中日渐微弱的万有引力，

如同刚刚在电话里，和友人说起这个活埋的时代，

忧愤，唏嘘，而后归于长久的沉默。

对话还在继续，但不是在我与你之间，

而是发生在叔本华与蝉之间。

2019 年 6 月 27 日

昆虫研究

——给张壬

你拍下这么多昆虫，我叫不出它们的名字，

也认不出它们的样子，更不知道

它们所从属的目、科、种、属。

但我应该在哪里见过它们，听过它们演奏的音乐，

那神秘的音叉、琴键、簧片、身体的发声学。

我所缺失的恰恰都被它们所拥有，

我不可能借到它们的翅膀、触角、口器、伪足，

它们的管状心脏、梯形神经和越界的器官、拟态的涂料。

我只拥有莫名的敌意与一腔无用的怒火，

像一盘西瓜上空低低盘旋的苍蝇，

将一颗碧绿的头颅奋力投掷，

但我不可能借到它的复眼，以便反复计算

向一首意外的诗发起突袭的距离。

我拍死过的蚊子莫非已多于冒死投奔的文字？

这样的提问并不夸张，因为只有绝望

约略相同，像诗句的刺吸式细针日夜抽取

却在一瞬间将一袋救命的血浆归还。

区别仅仅在于，我们一次次地死里逃生，

庆幸于第二天醒来仍有一碗稀粥，

就着一碟花生米，和咳出泪水的灰尘一起吞吃。

偶尔羡慕金龟的甲胄、螳螂的大刀，

等待一个堂吉诃德借我的身体还魂。

更多时候你或许会赞同，有必要在歌剧院的乐谱上

嵌入蟋蟀的音键，在螽斯的电报机里

抢救出银河系发来的电波。

——天牛。田鳖。蝼蛄。窃蠹。

——姬蜂。寄蝇。石蛾。龟蝽。

你熟悉它们如同你诗行里的每一个标点

都由它们构成，甚至你每一天的晚安

都模仿了它们的口型和腹语。

尽管失散每天都在这个国度发生，再见

或许就是两颗行星之间的永不再见。

每天，胡蜂举着螫针，蜻蜓替我们携带细长的塔身，

在黏稠的气流中超低空飞行，而蜉蝣

忽然生，忽然死，用一日叫板我们冗长的一生。

你日复一日拍摄它们，是否是要告诉我们

晦暗的时刻还有瓢虫的星辰闪耀，屎壳郎寄身的粪堆里

也有一个微观的宇宙在翻身，并且从那里

齐刷刷探出一张张迷惘而严肃的脸。

2019 年 9 月 17 日

丧礼研究

导航仪导向郊外的殡仪馆，

一场葬礼把四散的亲人聚集到一起。

仿佛死者仍然活着，以某种方式发号施令，

甚至让互相仇恨的人聚拢在他周围。

旷日持久的争吵似乎暂时结束，

但在两个世界之间，他仍然有义务调解

一对反义词绷紧的敌意。

躺在冰棺里，他皱缩的身体像一支

加速融化的冰激凌被死亡的嘴唇所吮吸。

一枚惊叹号从厚厚的棉被里探出头来，

为标语般冗长的一生给出一个停顿。

他参加过至少两场战争，灼热的弹片

还在他的体内穿行，这漫长的急行军

如同弹道上与魔鬼的一次赛跑！

悼词里的雪开始落下来，成语和形容词

在语法的独裁中一次次鞠躬，

但显然不足以解冻档案袋里冰镇的履历。

雪可以消融，年份与生平则耽于抵制，

一个饥饿的炉膛卷起烈焰的舌形。

长寿意味着耻辱？死者已经拒绝回答。

他只能在遗体之外发言，除了灰烬

更多的惩罚似乎还没有到来。

最后三年，他的大部分时间都在病房度过，

这类似于一个中转站，死亡的彩排

将行星之间犹疑的告别一再推迟。

脑梗死、肺功能衰竭、最后失声。

他彻底放弃对世界的看法，

崩解的声带，在喉咙的深井无望地打捞。

现在他只能在一间更冷的房间接见我们，

像一场假寐，被低低的哀泣不断吵醒。

奔丧的蛾子，围住盲目的灯泡跳舞，

复制的泪水提纯一个被颂词整容的形象。

现在他只留下了不在的部分，

更多的他，已经从一支烟囱里逃离。

烟雾的掩护看起来足够出色，

区别或许仅仅在于，他已把自己全部死掉

而我们只是每天死去那么一点点。

2019 年 8 月 6 日

西湖夜游

晚饭后来到西湖边，我们依然一如往常
慢慢地走路，没有一句多余的话语，
或许那些更动人的言辞已被永久封存，
像炫目的冰激凌，需要到下一个夏天才能融化。

或许踩过落叶的瞬间，你曾有过短暂的迟疑，
那无声的变形接近于一次完美的折叠。
一个不为人知的锐角，在桂花灵敏的嗅觉里惊醒，
水洼中霓虹的倒影扶起一座老迈的剧场。

湖水终于冷了下来，黑暗中我看不清
远远近近的荷花，一柄正在缓缓收拢的雨伞，
旋出一颗被墨绿吸管反复饮用的雨滴。
而饮用也是引用，伞柄卷起的弯钩垂钓

荷叶卷边的记忆。你指给我看一盏路灯的灯罩下
奔趋的蛾子，这盲目的舞蹈服从于一种
集体的晕眩，像忠实的灰烬把光束一次次擦拭，
以便分娩出一道陌生的光源，为新的失败加冕。

取景框里，远处的塔变得模糊，但塔尖

在努力挣脱出来，像蜻蜓身体里一截失效的电池
仍在制造一场余震，将一枚战栗的尾音缓存。
当游船从对岸回来，一支畅泳的桨

带回水草和鱼鳞的叮咛。更多的涟漪还在涌来，
穿过鲜嫩的藕孔中密布的更完整的桥洞。
某些时候，你分明已远远走在我前面，
但始终有一根丝线在绷紧，相切于一个隐匿的湖。

2019 年 9 月 5 日

蜗牛

初夏的早晨，蜗牛自悬于植物的叶片下，

像课本里最初的一个字母，

发出洪亮的元音。在这颗每天飞速旋转的星球上，

它用数万粒牙齿紧紧咬住了诗人的籍贯，

咬住一个不大的省，不大的县，不大的乡，

一个更小的村庄：西景山。

它的涎液，代替我碾磨粗糙的记忆，

重新发明出一个忧郁的男孩。

它缓慢地爬行，让我从童年一直追赶到今天。

它的腹足和事物之间每一寸轻微的摩擦

都在发明一道不为人知的闪电。

犹如一杆古老的木秤上，一朵最小的秤花

称出我在世界上的重量和位置。

2019 年 5 月 6 日

晨读扎加耶夫斯基

在上塘河边醒来。半梦半醒间，
固定电话的话筒跳起来，
电话线的那一端似有扎加耶夫斯基亲切的问候，
仿佛他刚刚品尝一杯深蓝色的孤独，
正在为使用"你"还是"他"而踌躇。
在这个清晨，他睿智的目光，
教导我如何欣赏风景，
如何从鸟鸣的单音节里辨认世界
"处于这未完成手稿的位置"。
窗外的第一缕光线，像一根激动的线头，
从阿里阿德涅的线团里被抽出。
另一种美？或者一种陌生的时间，
等待着被智性的丝线所纺织。
一架高压电塔
从容传输繁忙电流。
寂静，正通过巨大的轰鸣得到转译。
鹭鸟踩出的省略号，
适时地阻止我抒情的冲动。
（它的问候也是波兰语的吗？）
这必要的省略，像河边那条不为人知的小径，
在淡淡的雾霭中被自行车铃声擦亮。

我的目光在这本书的某个句子上

长久地逗留，犹如凝神于河边的一棵柳树，

那一片片叶子绿得就像诗要处理的

伤口一样"新鲜的意义"。

我没有来得及走上那条隐秘的路，

但我为此庆幸，因为我可以在想象中

领受一份礼物，

一种未被传授的知识：

狂喜，或者"连接软弱和力量的一个弧线"。

2018 年 4 月 21 日

2018 年 4 月 30 日改

己亥年正月十二，与唐晋、郁葱庆、根炜津诸友雨中同访郁达夫故居

连日冻雨，富春江寒雾茫茫，
像一个乱世中的祖国不可触抚。
偶有零星雪籽，频频袭扰疲倦的雨刮器。
来不及返青的柳条在耐心地垂钓
现代文学史上一个失踪者的形象。
你曾经出发的南门码头犹在，
但被时间废弃的航道已不可能再次挖开，
只有青铜的身体里沉埋的铁锚
还在紧紧拽住不可靠的记忆。
仅仅一个下午，我们竟然几次遇见了你：
在富春山馆，在故居门口，在鹳山公园，
在陈列柜展示的模糊的照片上。
但究竟哪一个才是真实的你？
清癯的，英俊的，落拓的，颓丧的……
或许一个都不是，或许每一个形象的意义
仅仅是为了背叛另一个形象，
就像玄铁否定青铜，发黄的纸张否定玻璃。
旧体诗否定意识流小说。
春天斜体的细雨，否定迷雾深处
被用力拧出的悲剧的生平。

快要开谢的两株蜡梅像互相争吵的

上联和下联，在平仄中构成一个更大的矛盾。

敲打芭蕉的苦雨，反义于一只柚子内部

因不断皱缩而缓缓聚拢的甜。

2019 年 2 月 21 日

迷雾索引

晨起推窗，眼前白茫茫一片，

怀疑脚下突然出现一段不可测的悬崖，

恍如面对一个经过编辑的世界。

道路，被交托给更多的茫然，

像一首没有读者的诗被交付给更多的晦涩。

一棵向我走来的树，在倒装句中迷途。

但这真的是雾吗？显然，它已经不再散发

初乳般诱人的伦理的芳香。

它携带着玻璃碴、尾气和颗粒物，

以及源源不断的忧伤，以此喂养

那只蜷伏在我胸口的毛茸茸的猫。

而仙境也可能是陷阱，唯一可以确知的是，

地狱的深度依然不可能被丈量。

一棵向我走来的树，一个美学的弃儿，

在大雾中走向人类的反面。

那不可删除之物，依然像人的诸多缺陷

迷失于这一团找不到线头的迷雾。

2018 年 11 月 27 日

雾的诗学：风来岭札记

1

雾，让声音饱满、多汁，

甚至可以啜饮和涂抹，

像一条溪水依次流经喉结、舌头、牙齿。

在诗人们的朗诵中，

一个湖泊隐匿的脸庞慢慢显露。

鸟鸣、雨滴、掉落的野槠果，

以及表盘里时针和分针相剪时瞬间的迟疑，

都通过唇齿的摩擦，被清晰地一一传递。

这种微妙或许只有在雾中才能领会，

犹如一只松鼠摘取松球时的那份娴熟。

撑伞而过的诗人，他身体里的雾，

显然比我们携带的忧伤更多。

2

大雾中，许多东西都藏起了身影，

但诗依然没有放弃寻找，

像是有一把镊子，耐心地夹取

细微到可以忽略的颗粒。

这符合一种古老的诗学教诲：

"诗不负责揭示，而是隐藏。"

当我凝神于山庄菜园里的一棵卷心菜，

那一张张翻卷的叶片，

让我更加确信，唯有藏身于其中的一条青虫，

洞悉了存在内部的奥秘。

而刚刚端上餐桌的一篮油桃，那一种甜

在诗的新鲜的经验里还显得陌生。

2018 年 6 月 1 日

与病中友人交谈

老式挂钟在你头顶的墙壁上滴答作响，

时间的脚步仍然不徐不疾。

这像是一个隐喻，仿佛你使用过的那些标点

开始服从于一种更加严峻的纪律。

齿轮轻轻咬啮，松动的发条被重新拧紧，

但钟表内部的黑暗至今无人知晓。

记忆断裂之处，一座词语搭建的桥梁刚刚竣工。

在我们的交谈中，客厅寂静，

只有阳台上洗衣机滚筒转动的声音相伴。

这接近于词与词的搓揉，意义

在反复的摩擦中产生看不见的静电。

时针和分针相剪了一次，恍惚中

有无数个你在表盘里来回走动，

从昨天的你，到今天的你，

恰好是从火热的夏季，到肃杀的秋天，

你似乎一直在走，缓慢，纯粹，

暗合着你身体里那匹豹子钝重的步履。

你说你的记忆已遭到严重损毁，

就像一次清零，只记得那些遥远的事物。

你说的是史前的猛犸和恐龙吗，

那个未曾被损毁的世界？

而对于肉身的健康，你仍有不服输般小小的不屑，

仿佛一个被俘之人对枷锁的鄙夷。

墙上挂着的三幅装饰画里，四只小海螺缄默，

似乎我们是坐在大海寂静的底部，

使用着贝类动物的语言，谈论你的病情，

如谈论这座小城一个正在施工的现场，

听你的口气，好像明天就可以把那些脚手架拆掉。

舌头的跑道上，一个词追赶另一个词，

一个你绊倒另一个你。

一支粗壮的笔好像明天就要回到食指和拇指之间，

尽管你的手指仍然在微微颤抖。

自始至终，你像一只受难的钟坐在那里，

在冗长的滴答声中接受时间的审讯。

"按摩椅，还是行刑的电椅？"

这样的提问多少有点残忍，

但你可以暂时不交出那份关于诗的供词。

至少现在，你可以在一个被动句里学习与自己和解，

正如缓慢是你需要接受的唯一的时间。

2018 年 11 月 22 日

灯塔博物馆

"如果大海……"在这座根据美国波特兰灯塔

以 1：1 的比例仿造的建筑中

有人用走调的声音对着生锈的麦克风

引吭高歌。仿佛大海从未到来

只有在最高的虚构中

大海用低低的咆哮应答习惯于迷途的船只

我们只是置身于词语的惊涛骇浪

那些音符的颗粒，携带着浓重海腥味的粗盐

一遍遍擦洗听觉里张开的伤口

倾斜的天花板上，这么多灯塔陡立如墓碑

似乎我们刚刚从深海区归来

但总有一些失踪或被迫失踪的词葬身于无边黑暗

在自我意识昏聩的地方，灯塔并不负责照亮自以为是的航道

"平庸的散文总像一篇缺少盐分的解说词

它无法提供新鲜的经验，只有海底安睡的沉船

仍然像遗骸生长在船长的身体里"

总有一片海，我们无法泅渡

或许我们就是灯塔内部最幽暗的烛焰

唯一的工作，就是把自己交付给一个深渊里的序列

当我们走出这幢建筑，一枚新月犁过乌云
我们被重新交付给这个汹涌的人世
一只雾钟，交出它全部的雾

2018 年 9 月 19 日

天平的两端

从养兔场回来，朋友以一袋新鲜的兔子肉相赠，
又送给儿子一只可爱的小白兔。
我的左手是装着兔子肉的塑料袋，
右手是装兔子的纸盒子，
我夹在中间，像置身于一场激烈的争吵。
无意之中我成了一架天平，
仿佛两边的砝码都在拼命把我拉向
各自的一边，生和死
仿佛具有了相同的重量。

回到家里，我把兔子肉放进冰箱，
儿子把小白兔放到了阳台上，
这似乎是一种默契：生和死被保持到了
一种合适的距离。
但在我身上，一只死去的兔子和一只蹦跳的兔子，
如同互相的辩驳永远不会结束。
这个黄昏，那血红的眼珠一直在我眼前转动，
像悲伤的落日迟迟不肯落下。

2018 年 3 月 19 日

半山研究

一辆观光电瓶车载着一车诗人，
于幽暗山道上穿行。
这是否相当于满满一车词语在集体攀登？

提速、刹车、转弯，
词和词之间轻轻碰撞、推搡、对质，
我几乎听到，那一车叮叮当当的脆响。

光，远远递来一道确信的斜坡。
语言的防滑链此刻开始生效，以便迅捷的松鼠
辟出另一条比外语还像外遇的小径。

引文未免艰涩。所幸几束映山红
像必要的注疏及时解除暮春的惆怅。
合欢树枝杈的弹弓，正弹射出密集的鸟鸣。

一再地躲闪，小心地避让，但总有些东西不请自来，
比如山下那些废弃的钢铁仍发着高烧。
一个更大的熔炉里，叙事与抒情的争辩还在继续。

两座山峰的括弧，可以容纳更多的符号：

陵园、枷具、垃圾、瘤体……还有幽灵，
像小小的鸟腹装下的整座空山，儒释道和万古愁。

当然，诗有权保持缄默。
如同有人一再声称诗没有义务为能见度发言，
一座塔，也可以向暴君拱手相迎。

怡神阁里，山水诗的讲座进行到了一半，
我开始研究窗外蜡质树叶的反光。
仿佛古人重新回来，带着他们宽大衣袖里的风。

时针划破的寂静，交给松针缝补。
一轮明月升起来，像一个南宋的后花园，
这涉及地方志，但显然不是知识与考据的产物。

水库里的鱼咬住细浪，和一枚借来的月亮。
真实与虚构一瞬间被混淆。
而在出借凭据上，望宸阁是否是一名可疑的担保人？

下山路上，我久久疑惑于一种时间的幻听。
犹如在林昭和一位我们共同的前辈之间，
始终有一片蕨类植物的小锯齿，在我耳蜗深处拉锯。

2018 年 5 月 4 日

被悬置的人

像一棵棵倒栽的洋葱，从一片虚幻的土地里
拼命往下生长，
闪光灯让他们沉溺于集体的黑暗；
又像一枚枚钉子钉入自己，
直到再次被敲弯，
而耻辱是一种无处不在的教育，
深深植根于没有一丁点泥土的"本土"。
哦，这些被吊起来的人，
在与现实的无缝对接中接受
来自荒诞的审讯，
那暂时的悬置，
那暂时的隔离，
那暂时的删除。
一颗头颅，暂时被身体拎着走动，
像一只意外的水壶，而每一滴水
都指认着世界的失踪。
这些不存在的人，正匆匆走回存在。
这些惊叹号一样义正词严的人，
等待被折弯成问号。

这些铅笔一样无辜的人，

等待被超现实削出尖锐的部分。

这些暂时出走的人，正等待被领回到自身。

2018 年 7 月 5 日

雨中玻璃桥

语义的瞬间断裂，发明出两列陌生悬崖，

一如你和我，在彼此身上凿出峭壁。

当我惊讶于这无中生有的坦途，

一只雏鸡，正奋力追赶一团飞渡峡谷的乱云。

在一对纯粹的矛盾之间，玻璃攥紧尖叫，

像犹豫的脚步听命于茫然的导游词。

伞柄上的弯钩恰好把我从虚空里拎起，

一根电线上，一只只希尼的小邮袋正被递送。

远处的信号塔迷失于雾和霾的争辩，

一棵苦苦跋涉的树，离鹰的服务区越来越远，

就像我们之间的留白需要更多的雾来喂养。

钢缆在雨水中忍受，玻璃内部的泪水

夺眶我的踌躇。在走向你的途中，我的每一步

都将是对重力法则的再一次克服。

两座山的敌意曾被鹰爪的意志缝合，

犹如括弧里的潜台词挪用了雨点的省略号。

犹如你是我必然的风景，我是你偶然的取景框。

一座桥绷紧身体里玻璃的呼救，

这地质学的塌陷，托举起一颗心的坠落。

2019 年 6 月 20 日

春天的瞳孔

一颗水滴里，枯枝和高楼在练习倒立。

这春天定制的眼瞳，

昂贵的照相机，

让现实中彼此孤立的事物，

凝聚到一面镜子凸起的部分。

一个在"偶然性"中翻转的世界，

从两倍焦距以外按下

被日常指纹所磨损的快门。

水滴在无限地坠落，但它仍在牢牢地攀住

被汹涌的汁液所鼓胀的树枝。

那由词语赋予的肉身，

那从冰碴和鸟鸣中抽出的新芽，

再次获得光线般清晰的

曝光。而我终于可以不用担心——

某一个瞬间，

它会松开攥紧世界的手，

像小鸟通红的爪子突然松开

电流疾驰的电线。

因为它已拍摄下这唯一的瞬间。

因为它已代替我"看"，

一种对于我来说仍然陌生的凝视和托付，

已经成像。因为
那玻璃般透明的泪腺里分泌出来的
必然是无限的信任。

2018 年 3 月 8 日

词汇表

在一张看不见的词汇表里，几乎每天
他都在往里面添加陌生的词语

他把爬在树上的青藤称为蚂蚁攀爬的"楼梯"
他把灵魂称为安放在身体里的一颗"钻石"

窗外的鸟鸣是准时唤醒他的"小闹钟"
沃尔科特则自然而然成为他老爸的"老朋友"

天真和好奇帮助他拭去蒙在词语表面的灰尘
而对绝对的信赖，则让他比大人更快地回到词语的本原

有一段时间，他执着于辨别"郊区"和"城郊结合部"
然后依次排列出"城市""小镇""村庄"

他替"难道"找到了它的小伙伴"莫非"
不过也有看走眼的时候，比如 把"冷漠"当作了"冷清"

他说在他的小脑袋里有一个抽屉
专门用来存放积攒起来的词语

他放进了：面包、雨点、云朵、豆荚
他放进了：钥匙、台阶、桥梁、履带

还有：天使、幽灵、离别、闪电
还有：否则、然后、所以、但是

而每次经过拆迁工地，他都会反反复复地问
这么好的房子为什么要拆掉呢

因此我每每愧疚于，在他的词汇表里
过早加入了"废墟"这个词

愧疚于，从挖掘机的轰鸣与火锅的灼烫中
他一眼认出的竟然是"荒凉"

2018 年 10 月 24 日

大垞荒村，或野生的布朗肖

"我第一次领教植物的疯狂。"
当你这样说，我看到你的手指正被
满山遍野的绿色所烫伤。
门窗、石墙、台阶，甚至灶台、烟囱，
都被密集的灌木和蕨类植物占领，
屋顶上的芒草，像叛军的旗帜在天空中摇动。
记忆被肆意涂改。纵横交错的藤蔓，
仿佛独立于国家电网的电线，
那液体的电流，只输往频频跳闸的昨天。

我似乎看到有一个人在不停地往回走，
不再对未来抱有幻想，如同屋角
那个沉默的酒坛，不再为任何酒徒打开。
在黑暗的酿造中，你的嘴唇喝到的
肯定不是方言里的谷物。因为嘴唇
是对嘴唇的拒绝，就像荒芜，是荒芜的导游词。

最后一只四季柚，在高处抓住我的孤单。
它拒绝往下跳，互相抱紧的瓤瓣，
虚拟了最后一堂植物课。
作为尴尬的例外，一个野生的布朗肖，它甜味中的苦涩，正好可以用来治疗新农村的痼疾。

仿佛我们才是一群孤魂，在阳光下游荡，

等待着一个故乡前来认领。

下山的路上，耳边传来海风吹过山冈的声音，

像是被时间奴役的阵阵呜咽。

往下看，是天主堂的十字架，

它从低处托住了这座废弃的村庄。

更远处，塔吊长长的手臂，正伸向致幻的海水。

直到荆棘死命拉住我的裤管和衣袖，

并且赠予我细刺与球果，像挽留，

又像是吁请："跟我一起成为荒凉的证人。"

2018 年 1 月 10 日

等雪来

一场大雪正在赶来的路上，
有人开始在一首诗里铲雪。
但雪没有喊疼。一场虚构的雪中
只有云朵和泥土的相认。
雪替我们提前喊出了
身体里捂紧的政治。
雪等待我们去领取各自的
糖，或者盐粒。
湖水在结冰，一尾颜体的鲤鱼
仍然享受着在肆意泼溅中
拆散所有笔画的快乐。
雪没有来。有人苦苦等来的
是一个瑟瑟发抖的雪莱。
在孩子酣甜的睡眠中，
雪，继续高过了天堂的门槛。

2018 年 1 月 24 日

蜂 巢

蜂巢被整齐地切开，
像一支支口琴，在阳光下吹奏。

但黑暗仍然完整，一排白色蜂箱里，
晶状的寂静，守护着蜂王的孤独和秘密。

那词语深处的晦暗部分，对应了
我们感官中有待酿造的神圣。

那是多出来的一点点甜。一勺超验的花粉。
抑或舌尖获得的一份额外的奖赏？

在一句诗里，蜜源开始排队：
洋槐花、茶花、荆棘花、油菜花、梨花……

"而沉默的词语之蕊，只需要一枚贵重的针
温柔地一蜇：那救疗和馈赠的诗学。"

2014 年 3 月
2018 年 7 月 17 日改

富春江边夜走遇友人，遂以数行小诗记之

中医院楼顶霓虹的倒影，像通红的铁条

浸入变凉的江水中

我几乎听得到两者相触而又彼此推开时发出的

嗞嗞的声音。这无限接近于

被一股瞬间的电流所治愈的疼痛

废墟之上，月亮被乌云约谈已超过半小时

更多年轻的星星长时间处于失联中

在富春江和垂钓者之间，钓竿被一道看不见的力绷紧

它似乎要钓出一个中年胸腔里沉积的淤泥

但事实上，唯有细浪轻轻咬住

一枚苦闷的鱼钩

成群的石头暴露在干涸的河床上

但已不再尖锐，不再

向一支不断加速的漩涡发问

甚至翘嘴白鱼失传的傲慢也终于成为一种新的禁忌

唯有激流中跃起的鱼，让无可置疑的万古流

终于有了那短暂的迟疑

像一次意外短路，然后归于更长久的寂静

2018 年 10 月 23 日

一首写在逃生舱边的诗

过道里，漂亮空姐开始演示

救生衣和氧气面罩的使用方法，

通过英汉两种语言，我像是逃生了两次。

座位：12A。第一次，恰好是一个逃生舱的位置。

我被反复告诫："正常情况下严禁打开盖板！"

似乎总有一个词随时等待着逃离，

这意味着总有一首诗，随时等待着迫降。

在我低声的祷告中，飞机缓慢地攀升。

"让我拉紧阳光的绳索。"

在一个祈使句里，那唯一的第二人称被快递：

"主啊，求你把我们从深渊里凭空托住。"

旁边的乘客开始昏昏欲睡。我打开

扎加耶夫斯基的《另一种美》，

一本在许多次旅行中陪伴过我的书，

但却是第一次，被我携带上三万英尺的高空。

或许在安全带、意外保险和隐喻之外，还需要订立

一份"道义的契约"。一种孤悬中的信任，

把未知的道路交付给天空。

就像盖板上的一行提示："应急门打开时，

一架逃离滑梯马上会自动释放。"
当然，窗外的白云是个例外，
它们从来不需要逃生。它们只需要一位
牧羊人。一个国度。仿佛白云上
另有一个陌生的停机坪。

"飞机遇到气流正在颠簸，请不要随意走动。"
播音员的声音带来一小阵惊慌，
仿佛一行诗的稳定结构突然遭遇挑战。
语义和句法面临拆解和征用。
一个名词被推搡着跑到了形容词的前面。
我眼前的这本书里，每一个字仿佛都在无声地
碰撞、摩擦、变形、尖叫。

这时我想起了这次携带的另一本书，
它在头顶的行李架上，一个小小背包的一角，
安静地待着。它的上卷和下卷
像兄弟或者姐妹紧紧拥抱。在操纵杆的拽动中，
它里面的词语和句子稳稳地站在原处。
甚至每一个标点都像铆钉
牢牢抓住坚固的磐石。
而在餐车滚动的声音里，遥远的空难
再一次抽取被死亡所消费和吞咽的伦理。

2018 年 9 月 6 日

公园即景

一个对着一棵树练嗓子的人手舞足蹈声情并茂而当他

回过神来突然看到我，他害羞地嘿嘿一笑

那表情像是一个做错了什么的孩子

恰巧一只松鼠也从发呆中惊醒过来

然后"嗖"地一下直蹿到树顶

像一柄利刃把我想象里那些多余的枝枝叶叶悉数斫尽

一道拖曳的灰光，否定我有限的经验同时也是

对重力法则的一次否定

它像是从人世盗走了一件珍宝而唯恐被我们抢回

同时无意中我也获得了一份礼物：

一个完美的树冠，在我出神的仰望中修剪完成

2018 年 9 月 13 日

鹤顶山上的落日，或诗歌地理学

——给李郁葱

1

暮晚时分，在通往鹤顶山的小路上，

我看到这一年的最后一轮落日，

正缓缓沉落，像一只疲倦的轮胎被卸下。

停止转动的轮毂，终于说出我岁末的迟疑和晦暗。

在炭火熄灭的地方，灰烬开始站起来发言。

但我相信时间本身并没有真的变老，

正如在朋友圈我发的那张图里，

落日像一枚新鲜的本地橘子，

挂在一根枝条上，为某种冷僻的地理学代言。

2

一路上，我遇到了不止五种野果，

有的叫不出名字，有的在少年时代曾经

被我无数次品尝过（现在它们仍然乐此不疲

反复纠正着我贫乏的味蕾）。

此刻，它们在暮光中，或单独，或簇拥，

在光明与黑暗的交替中缄口不语，

像是有一种"地方性知识"，

一颗黑暗内部的籽粒，需要它们守护。

一种安静的教育被给予，像幼兽的爪子送来新雪。

3

当我转过身子，我猛然发现
一枚圆月已经跃出高大的灌木丛之上！
这瞬间的神秘转换让我足够惊讶，
像一行写在反面的诗，受雇于古老的互文。
抑或是一种虚构：比如在鹤顶山，根本没有见到鹤，
我们也没有听到一声鹤的啼鸣。
但当我这样说，我知道身体里的那只鹤
在激烈地反驳，用它剩余的积雪，鹤顶上的
落日。"雪，涉及的始终是对真实的消解。"

2017 年 12 月 31 日
2018 年 1 月 5 日改

唯有知了带来治疗

初夏，知了的鸣叫，

在一只随身携带的音箱里，

以悠长的声线测试我的耳膜。

蝉鸣声中读策兰。读到一个个惊叹号的暗哑，

读到他全部行李中唯一被报警器

救活的一声尖利的蝉鸣：一只

持不同政见的知了。

（这地方性的鸣叫，何以胀破整个世界？）

知了继续轰鸣，以固执的含混、苦涩

浇铸成一块灼热的黄金，

与远处的闷雷对质。

某个时刻，蝉鸣骤然停歇，

像一件发烫的乐器，

从高音区急速切换到低音区。

每一个深渊里的休止符都是策兰，

每一道裂缝被瞬间关闭，

一枚针筒在抽取汹涌的汁液。

"江边长椅上，无人。"

主义在尖叫。胆汁积攒更多的乌云。

瓦斯催泪鞭影中的瓦雷理。

而唯有沉默，构成对"意义"的挣脱和辩驳，

如同在这个夏天，唯有知了
带来治疗。

2014 年 7 月 12 日

2018 年 7 月 6 日改

像一架收集遥远光束的望远镜

他请求我让他骑坐在我的脖颈上

仿佛伏在一座朽坏的塔楼上

他可以看得更远：

野鸭、锈铁、旧船木

沙洲、波纹、坟茔（也是旧的）

蒺藜的军团。陌生的科属

唐诗中抛过来的那个有待磨亮的鱼钩

在船篙无限弯曲的倒影里

他看到了渔具店那个激动的浮标

芦芽短？导航仪上

通往老坎磐头的那截路程更短

水杉那里借来的绿色箭头比恣肆的蛇舌

已更早地抵达

蜥蜴的导火索更短，似乎下一秒

就有一座油菜花的火药库要被引爆

河豚像一柄柄匕首

从大江深处的黑暗被投掷

那一个瞬间，他高过了我的眺望

像一架收集遥远光束的望远镜

他延长我日益磨损的视力

当然，他暂时还看不到我身体里的

沉舟：那尚未成型的漩涡

但我还是要感谢他——

在我的上面，长出了另一个一模一样的我

他代替我，捕捉到了一颗更灼烫的星球

现在轮到我向他发出请求

在越过那棵硫磺浇灌的病树之前

请用天真的锯齿，小心地裁开

这幽闭而斑斓的根茎

以便看到我看不见的世界

2018 年 4 月 2 日

卷心菜

每一片叶子都在加速旋向一个中心。
或者说，中心并不存在，
它们只是在狂暴的卷曲中互相拥抱，
在层层缠裹中获得一个实体，
一颗为寂静而自转的嫩绿的星球。
或者仅仅是，一条沉睡于地心深处的青虫，
直到更多汹涌的汁液把它淹没。

2018 年 11 月 6 日

露营记，或怀疑论的星空

古老的夜空中，星辰的运行寂然无声，
而耳畔蚊子的轰鸣震耳欲聋。
浸在山塘里的西瓜，像两枚苦闷的水雷
努力抑制着炸裂的欲望。
"一弯干旱的新月，扑向泥土深处沉睡的人民。"
石榴已经成熟：那些代替时间裂开的果实，
几乎听得到怦然坠地的声响。
我相信宇宙内部有着更多的籽粒，更多
怀疑打制的宝石和从怀疑中领受的
各自的道路。
更多的道德，忍受着无尽的拷问。
尽管自始至终我都无法确认哪一颗是北斗，
自始至终，我们之间隔着茫茫的时空。
雷卡相机的镜头里，
亿万颗星星暂时停止了走动。
一顶顶安静的帐篷，犹如被星光浇灌的蘑菇。

2018 年 9 月 17 日

暮春过故人庄

原谅我，把麦子说成了水稻。
相邻的稻田里那些青葱的秧苗马上
发出善意的嘲讽，仿佛我就是
那个沉溺于遗忘同时
被无尽的遗忘所严厉惩罚的人。
午后有足够多的阴影，正如我宣称的忠诚
有足够多的对生活的背叛。
麦芒在我的脊背上寻找更锋锐的部分，
一根从产卵器的矛盾性里长出来的针，
在扎入黑暗深渊的瞬间，
也把肝胆和腑脏，作为礼物献上。
暮春，还是初夏？这无足轻重。
含混的麦粒正以全部的重量坠弯自己，
一行屈辱的诗，完成了一次鞠躬。

一路穿过郊区的棚屋、工厂、废品市场，
像一本书里略显晦涩的章节，
终于看到路牌上的名字：罗家路。
你终于来到这个你四处躲避的地方。
或许终其一生我们都在寻找自己的
对立面，甚至在我和你的对话中也始终

存在着第三个声音：既是质询，

也执着于漫长的辩护。

"对于一个失去家乡的人……"

当你这样说，豆荚在植物手册中悄然裂开，

豆子和蚱蜢同时沿着一条抛物线跳起来。

我看到桑葚的汁液已涂黑你的

嘴唇、牙齿、舌头，以及舌根下压着的

一个从未被撬开的爆破音。

2018 年 5 月 14 日

垃圾分类索引

每天清晨，我都在窗外垃圾桶滚动的声音里醒来。

仿佛是它的两个轮子召唤出了黎明的到来，

仿佛是它的两个轮子牵引出了太阳

这个线团的线头，

仿佛是它的两个轮子在忠实地为我画出

新的一天的轨道。

我知道那只垃圾桶里装满了昨天的废弃物：

除了果皮，

手纸，

牛奶盒，

纸尿布，

药渣，

塑料餐具，

以及旧玩具，

碎碗碟，

剩余的饭菜，

或许还有一节干枯了的锂电池，一份

来不及翻开的本地报纸，

一束失去水分的鲜花。

而我羞于说出的是，那里面可能还有

一张 A4 纸上，

那半首被我写坏了的诗，以及

那首诗里的焦虑，

晕眩，

麻木，

耻辱，

忍受；

肺泡里的阴影，

被冷冻的政治，

过了保质期的怜悯，

刚刚修复的记忆，

无力的祷告，

潦草的爱。

莫非我就是我自己的清洁工？

每天清晨，我都忙于搬运

这些无法分类的垃圾。

垃圾桶的轮子像两张古老的黑胶唱片，

每天准时在窗外反复播放。

当晨光的唱针跳开，

我喝下"昨天的黑牛奶"[①]，

稀粥里，那张难以辨认的脸。

直到所有的垃圾都被运走，

只剩下我，或者是

---

① "昨天的黑牛奶"，引自苏波兄诗。

我的一小部分。

一种"自我的剩余"。

一个小写的"k"。

2018 年 1 月 17 日

秋日的旁观

秋天来了。我开始喜欢上这个公园里的人工湖

并且绕着这个湖一圈圈地走

犹如一张唱片

只有当我成为一根唱针，那涟漪的乐曲

才会在沉默中一遍遍循环播放

微凉的风中，柳树在俯身，但临渊

并不一定用于照影，那探入渊面的

柔弱枝条更像是一次忘我

在深深的鞠躬中

啜饮或搭救

边缘焦黄的荷叶，立于自己的倒影之上，莫非那一团枯墨

才是它真正重获的本体？

而在反复的移动里，我得以成为一名旁观者

虽然我始终只愿意接受边缘、偏僻、少数

湖底乌黑的淤泥

以及一只蝉突然的暗哑。在凉下来的敌意里

学习远郊的荒凉与火锅的灼烫

像一个倒挂在树枝上的人给予我的告诫

这个世界许多时候都要倒过来看

2018 年 9 月 13 日

夹在《圣经》里的药丸

这是一张我从未见到过的书签：

七粒淡蓝色的药丸，

安静地排列在一块铝塑药片板上，

像七颗星星，在沉睡的事物中间躺下来。

但它们并没有真正地睡去。

它们无意中参与了一次祷告，

那嘹亮的祈祷词后面，

必然有一张缄默嘴唇的喏喏。

在整齐的分布中，那多出来的一粒，

像一个奇数的约伯，

保持着对命运的悬置与质疑。

一个中分化的锐角，在长久的吁求中被构成。

那是五月的午后。

母亲手术后从医院回来的第七天。

在服药前，她读完《约伯记》的某个章节后，

随手把这板药丸夹在了书页间。

七粒药丸，诞生于偶然。

七个被隔绝的词，

彼此孤立，

又紧紧聚拢。

再没有比这更神秘的聚会了，

它们无意中参与了一场艰难的对白。

但自从圣书的上卷与下卷合上，

辩驳便已经失效。

因为神，诞生于化学的匮乏。

一张我从未见到过的书签诞生于炉灰里的顺服。

2015 年 5 月

2018 年 2 月 7 日改

摔碎了的思想者

他从高处跌落下来，分成三个部分：

上半身和托住下颌的右手

左腿和搁在膝盖上的左手

以及那条孤零零的右腿

他匍匐在桌面上

像一块四分五裂的国土

我们用想象的绷带把他层层包扎

在书桌的临时手术台上

这些残缺的肢体，仿佛在互相寻找

隔着厚厚的石膏彼此辨认

哦，他的头颅仍然保持着完整

像一个尚未沦陷的首都

但已无法向分离的省份发出指令

他还在思考，但少了一个支撑的膝盖

因此迫切需要一副担架，以防

随时崩塌的思想再次破碎

现在我们开始围观他二手的痛苦

对虚拟的呻吟献上易碎的怜悯

这精神的赝品，痉挛的造型

开始滴下黑色的树脂

和小男孩的那一声尖叫

2018 年 1 月 15 日

死人街 [1]

水车路、新桥路、必麒麟街、福建街、松柏街、珍珠街、
邓波街……
克罗士街、摩士街、宝塔街、丁加奴街、史密斯街、史必
灵街……

"福星高照""种族和谐""金玉满堂""团结奋进""吉
祥如意"……
"安邦定国""居安思危""花好月圆""荣华富贵""安
居乐业"……

在这些中西混搭的街道名字之间，在铺天盖地的贺岁横幅
的争吵中，
0.5 新元一串的串串香散发诱人香味。一块路牌跃入眼
帘——

---

[1] 死人街（street of the dead）位于新加坡牛车水街区，以
前这条街两旁大都是殡仪馆，俗称"大难馆"的殡仪馆是许多病
入膏肓的穷人们"待终"的地方。这些应运而生的"大难馆"，
不但为垂死的人提供栖身之所，还妥善安排他们的身后事。

"死人街"。死亡，由此被置入热气腾腾的生活。

仿佛它总是有一副好胃口，无论鸡肉炒河粉，还是生虾肉云吞，都在指认

一个尚未来得及消化的现场，一个被蒸气所模糊的生猛的事件。

在活人的空间里，死者总是显得过于拥挤，因此需要一个"地心"的出口。①

请相信我，真实的地狱是存在的。在地表下 12262 米深处，冲动的钻头被热物质瞬间融化，一个耐热的话筒里传来罪人的号叫。

我们已经习惯被词语埋葬，如同冷漠于晚报上一条有待焚烧的讣闻。

这是农历戊戌狗年的前一天，街口的一只金毛犬刚刚接通电源，

它不顾三角形的危险标记，向隆裕和药房里走出的游客发出狂吠。

祖传的大骨汤里，一块新鲜的筒骨，在反复熬制中交出被

---

① 在死人街附近，有一座名为"地心"的公寓楼。

挪用的语义。

仿佛那些临终的呻吟还在不断回放，这构成对我们听力的
考验。
灾难中的人，在无望的等待中加入死亡的流水线。

但他们在不断返回——从人满为患的地狱，从含混的统计
学——返回。
他们不从复数里被拯救出来，我们就将代替他们成为阳光
下的幽灵。

2018 年 2 月 18 日

墓园指南

几乎每天，电脑前坐久了，我都会站起来走到窗前，
从报业大楼十八层的窗口眺望远处的公墓。
密密麻麻的墓碑，一律对我报以沉默，
像每天拖曳着我身体的铅。
我和墓园之间隔着一条马路，前些年
它已经从过境公路变身为城市道路，
但上下班高峰的车流仍然在固执地惊扰着死者；
马路边是几家接近破产的工厂，
那些曾经情人般互相咬啮的齿轮，
早已停止转动，只有安静的铁锈在撰写猩红的自传；
还有一个新开发的楼盘，疯涨的房价
对他们已无法构成足够的刺激，
对于瘦身了的灵魂，火柴盒的单身公寓
无疑已经显得过于宽大。
如果是晴天，阳光会慷慨地洒向墓地，
像一支支仁慈的教鞭教我认读晦涩的碑文。
（每一个汉字，都自携胎记般的鞭痕。）
如果是雨天，斜体的细雨则成为一种弹奏，
为尚未获得宽恕的亡灵安魂。
而今天，阴到多云，有霾。望出去
整个墓园灰蒙蒙一片，隔着粗大的颗粒物，

肺里的铁和尘土，

我们终于有机会彼此审视。

一种必要的省略，让我从谎言的油墨中逃出来

拥抱幽暗的本体：另一个被遮蔽的"我"。

氤氲水汽里，涂改在发生，我们彼此得以赤裸相见，

在更幽深的某处，一盒珍贵的灰烬被赠予。

这更像是一种赦免："写下去，你可以坐下来了，

一行诗在那里等待。"似乎这是一种义务，

以更多的寂静供养轰鸣的未来。

影影绰绰的高楼，像更多的碑石

被锻造，但负债的汉语，已买不起哪怕一副棺材。

2018 年 1 月 19 日

入剡记：温泉城的下午

——为王金发而作

你做梦也不会想到，百年之后，
你的老家变成了一座
温泉城。
荒僻的历史学开始升温。
遗忘的泉眼里，被迫冒出沸腾的泉水。

群山，陷入被背叛的记忆。
利润，抽取被禁止的激情。
方言，在等待领取来自现实的反讽：
"哪里有这么多温泉？呆卵佬
才会跑这么远来泡温泉。"

硫磺味的牺牲，在抢着为革命买单。

百年之后，马头墙上留下的那个弹洞里，
一颗恍惚中走神的子弹，
还在不停地往里面走。
它还在拼命地挣脱游客猎奇的目光，
并孤独地嵌入多个版本的传说。
仿佛只有再走上一百年，

它才能穿过"必然性"的长长的弹道，

沿一条漂亮的抛物线重新回到

滚烫的现场。

温泉湖上，一根芦苇弯下腰，

像一个迟到的问号，

或者道歉。

百年之后，一个繁体的汉字，

在拼命地逃回一本不存在的字典。

百年之后，死牢里一副枫木打制的枷具

还在日夜兼程，逃回嵊县董郎岗的枫林深处。

2018 年 1 月 17 日

渔寮湾出海，或新年献辞

——仿勒内·夏尔

崭新的铁锚齐刷刷站立在堤坝上，等待
被抛入大海。这接近于一种测试：那充满风暴和盐粒的手掌。

这同样是一个隐喻：诗，就是劳作。
当船头犁开海的皮肤，我看到海风给每一位诗人梳出新的发型。

这个早晨，是无数个早晨中的一个。泼溅的波浪
打在我的脸上，却在构成另一种反驳：这是唯一的一个早晨。

它们一次次地扑过来，但并不是真的要把我们夺走，
而仅仅是为了在破碎之后返回。海浪，用破碎拼写了大海的完整。

导航仪上，远方的岛屿像一只牡蛎，攥紧有待撬开的秘密；
那细弱的航线静脉般伸展，蓝色的血在安静地运送。

新的语种在诞生。一如礁石上的那些贝类，仿制出一片密集的星空。
一种晕眩，在古老的祝福中——当光线像锚索咬住深处的淤泥。

船夫的脸，在背光中，如同翻耕过的冻土。皱纹
像时间凿出的吃水线，在新年第一天，向新鲜的海水发出邀请。

……岛最终拒绝了我们。岛的拒绝，同时也是大海的拒绝？
而缆绳沉默。身体里的那片海在说，"鹰在未来"。

2018 年 1 月 13 日

雪，或一个榜样

一株年轻的松柏，在墓园门口，
等待被授予白雪的冠冕。
我迟到的暮年，等待一个"晚词"的来临。

2018 年 1 月 23 日

新雪，幼兽与仙鹤
——题照片

桥面薄薄的积雪上，幼兽留下了

两行刚学会使用的省略号。

它代替我，从这座折成三截的桥上走过，

去更广大的田野搜寻遗失的自己。

寒风拎起它通红的耳朵，

用于捕获被空旷节省的寂静。

雪，显然尚未学会缓慢的消融，

正如栏杆围拢的草坪，

大片的枯黄里，更多的绿芽

尚未被衰老找到。

两只仙鹤背负一身白雪。

那双重的虚构，

持续溶解于一个更大的矛盾。

一丛丛白色的火焰，从我们黑暗的体内，

从一个虚幻的实体中，

提炼一粒丹药，放置于晕眩的顶端。

滚烫的电流在瞬间剧烈地通过，

因此惩罚般的脖颈忍受了优雅的弯曲，

那反美学的"S"形的傲慢，

如一截痛苦的绳索被寒冷拧紧。

雪还在落下。纤细的腿

像一个必要的支架，

托举起更多的顺从和覆盖，

并在一种失重的平衡里把我抓住。

2018 年 1 月 31 日

雪夜送友人西行

水银柱在急遽下降。

书桌上的那本字典里，每一个汉字，

都穿上了厚厚的滑雪衣。

但锋锐的鸟喙仍然凿击着池塘里

坚硬的冰块。那探询

自有钥匙般的决绝："一种零度以下的写作？"

而飞机的尖翼，将割破凛冽的大气层，

带去一个词穿越现实时新鲜的摩擦。

或者一种召唤：从江南到西高原，

一截羸弱的笔尖在等待

一次艰难的攀升。

引擎煮沸墨水瓶中暗蓝色的血液。

操纵杆，将你带离这颗孤悬的星球。

一个陌生的日瓦戈医生，

等待蘸取雪地里轰鸣的泥泞。

在那里，病中的父亲

像一场上世纪的大雪把你迎候。

一道光闪耀，等待将你再一次擦拭。

仿佛这为寂静而来的结晶体，

要填满的是一种更为本质的

匮乏：亚洲饥饿的胃。

2018 年 1 月 25 日

雨水，或春天的水电站

玄武说，北方的杨树发芽了——
我仿佛看到灰喜鹊、黄鹂鸟、蓝鹊鸽、鸲姬鹟
像一队从天而降的特种兵，在某一刻，
一齐坠弯幼小的枝条。
雨水安静的内部轰响一座水电站，
它不发电，却让一根枯枝
在莫名的战栗中截获春天的密电。
一台最小的水泵，从饱胀而黏稠的汁液里，
艰难地抽取那细碎的芽尖。

锈过的铁，有必要再锈一次。
磨亮的剪刀，有必要让金腰燕再磨一次。
仿佛刑期已满，一颗脱下枷具的星球
在孩子有力的脚趾下微微冒汗。
只有属于我的那一星鹅黄，
还在沉睡，像一枚缓慢的标点迟疑于
一个早醒的祈使句。
犁铧翻开冻土，动作粗鲁而温柔，
如新鲜的黑面包被一片片切开。

2018 年 2 月 21 日
2018 年 3 月 5 日改

古镇印象

雨巷光洁的卵石如一枚枚新下的鹅蛋，
等待商业的粗盐前来腌制。

本地导游的高音喇叭像是一种训诫：
诗，没有义务帮你认领一个冒牌的戴望舒。

2018 年 5 月 4 日

更多的秘密只有锁孔知道

穿布鞋的往事在青苔上打滑，
天井里光洁的鹅卵石，拼写天鹅的优雅。
老台门的一把"神灵"牌铁挂锁，
把汹涌的人世关在了外面，
因为人世的每一片钥匙都已经配不上
锁芯深处寂寞喂养的光阴。
老人们劈竹子，扎花圈，似乎
他们的头顶大事就是和蛙虫蜂一起回到从前。
戴着一粒青豆的耳塞，那缓慢的坍塌，
在细雨中被一遍遍回放。似乎
那些曾经发生的，正被沉默重新回收。
更多的秘密只有锁孔知道，
我们只是路过，像精致的窗棂上
被无名雕刀镂去的部分。
但那留出的空白，并不等于我们的缺失，
正如偶尔到来的光线仅仅是对裂隙的缝补。

2018 年 11 月 28 日

教育诗：夜色中的小学

通往体艺馆的路上我看到

教学大楼像一头怪兽在夜幕下兀立

没有灯光，当然也没有白天曾经嘹亮的读书声

教室安静。课本和铅笔安静。田字格里

一个个带鞭痕的汉字

也像是在睡梦中发出均匀的呼吸

一支年幼的口琴

抱着不肯安睡的音符沉沉睡去。橡皮

和错别字之间古老的敌意

此刻变得柔软，像一块天真的软糖

抵制着知识的甜腻

卷笔刀暂时停止吞咽笔芯里

源源不断的石墨和黏土

那来不及削出的尖锐部分也在安睡

比夜色更黑的黑板像一片暂时解禁的

禁飞区：不断闯入孤儿般身份不明的病句

铃声中涌出的孩子被迅速押解回

和风筝一起坠毁的课文

舌根下压着的字母鼾声四起

词的性别在发育。而所谓写作就是被一粒鸟鸣弹回

因为只有形容词还醒着

那小小的身体里来不及削出的陡峭

指向一列正在成长的悬崖

我隐隐听到操场边那支水塔里

更多的水滴在争先恐后中向高处攀爬

像更多的人质，绝望于空难般无法挽回的语法

2019 年 1 月 13 日

砍树记

这是一种必要的刑罚吗？每年一次
这些树冠和枝条必须被砍去。
电锯的嘶叫声中粉末飞溅，连同鸟鸣，
琴凳上跌落的音符，婴儿的啼哭，
和那些不允许喊出的疼痛，
瞬间被狂暴的锯齿咬开。
这些砍下的树枝被按照同样的长度
裁成一段一段，整齐地堆放在小区的路边。
从那些横截面上我看到清晰的木纹，
一圈一圈，像汹涌的涟漪
在隐忍中旋向脆薄的边境。
每年一次，服从于一种严厉的减法，
在严冬来临之前，
身体的一部分必须被交出，仿佛某一刻
我们也"可以拥有被斩首的命运"①。
树液仍在缓慢地流淌，从刀斧赠予的

---

① 借用女儿蒋静米的诗。

一个个新鲜的伤口，

从一种始终被信赖的记忆。

2019 年 1 月 16 日

2019 年 1 月 29 日改

陌生的声音

此刻，万籁俱寂，床头柜上的这本《勇敢的补锅匠》
就是那个两次被捕、在牢狱里度过十二年的
著名"天路客"约翰·班扬的传记，
仿佛也已经和我身边的孩子一起酣甜地睡去
那些榔头敲击铁锅的叮叮当当声，
那些曾经发出的不被允许的
激烈的声音，此刻终于安静下来。
这足够让我惊奇，一个八岁的男孩竟然
每天晚上缠着我给他朗读这个故事，
每天晚上在敲击锅碗瓢盆的叮叮当当声中入睡。
或许，他是着迷于那口修修补补之后
仍然破绽百出的铁锅；
或许，他是困惑于一个臭名昭著的亵渎之人
差点在井里淹死、差点被子弹打死之后，
竟然成了一个"敬虔"的牧师；
（他一次次地问我"敬虔"是什么意思）
当然，还有一种可能，是他从来没有听到过的
某种完全陌生的声音吸引了他。

2019 年 2 月 19 日

写在巴黎圣母院大火第二日

荆棘冠救出来了。圣路易斯衣救出来了。
但钟声已不可能被救出来。
屋顶的那片森林不可能被救出来。
折断的塔尖像是一种偿还，而更多的塔尖
将继续忍受刑罚般漫长的时间，
直到每一瓣碎裂的玫瑰，
付出比玻璃还要透明的代价。
那些曾经的婚礼、加冕、受洗、葬礼
也等待着抢救，像一个烧成灰烬的圣词
等待着走出教义的墓穴。
火还在继续燃烧，它永远不可能熄灭，
但烈焰已经在语义的转折中分叉。
在大火的第二日，受难周的第三天，
我们没有听到耶稣的教诲，只听到一场火
与另一场火之间激烈的争吵。
或许火焰的舌头有过短暂的犹豫，
恐惧曾被大声宣读，如同在最后的晚餐上
那曾被一次次出卖的贞洁之词。
或许肺叶里的浓烟需要
被一次性吐出，拆散的荆冠需要

重新交还给无罪的身体，

为着那至今无人认领的罪。

2019 年 4 月 16 日

峭壁上的蜂箱

下山的路，比上山艰难。
半月板像一个用旧的词抵制着
重力与惯性的滑动。
每走一步，都必须忍受语义的磨损。
拐弯处，抬头看见两只蜂箱，
稳稳挂在峭壁上，
像两个惊叹号，睡着的时候也不忘赠予
一勺被宁静所肯定的蜜。
那贵重的赠予必然也包含一根针，
像严厉的警告，你默默积攒的小剂量的毒，
随时准备蜇入平庸的生活。
我因此相信，蜂巢内部的黑暗仍然完整，
仍然在等待一道光线去切开。
我因此相信，接下去的那一段路
必然通向柱形的蜂房，
像一个用旧的词倾向于赞美。
你的坡度，你的海拔，
修复一个用于祈祷的膝盖。
仿佛你身体的峭壁上，也悬挂着
这样两只无法触及的蜂箱。

2019 年 5 月 1 日

在父亲墓前

每年一次，一场惊心动魄的搏斗，
几乎耗尽我全身的力气。
这些高大的茅草，看上去像是一种反复的挑衅：
看，只隔了一年，它们又高过了我的头顶。
它们早已高过父亲的一生，而最终
它们肯定还将高过我的一生。
我挥舞着父亲留下的柴刀，一次次冲上去
疯狂地砍斫，像一种古老的复仇
无意中被我冒失地继承。
借着风的唆使，这些更疯狂的茅草也在扑过来，
用宽大而锋利的叶片击打我的脸颊，
在我的手指上锯出新鲜的伤痕。

血在流淌，响亮的蜥蜴在阳光下忘记了爬行，
脚下这颗尘土虚构的星球仿佛也暂时
停止了飞速的旋转。这无人认领的荒凉，
植物图谱里哗变的后裔，
开始和我身体里的一支叛军相呼应。
每年一次，一个年轻的父亲带着他晦暗的生平，
和一捆哔剥作响的松木，
来到我的面前，连同铁肺里长出的

未被烈焰烤焦的烟叶。
蛇在更深的草丛里无声地滑行，
像一股新掘出的泉水，给焦渴的嘴唇送来清凉。

本该有一场长谈，但墓石已经封住他的嘴。
本该在他墓前读一首诗，
但我缺乏足够的勇气，死灰复燃
显然还需要更多绿色的灰烬。
日复一日，茅草更紧地抓住缓慢流失的土块，
以彼此的利刃和锯齿簇拥在一起，
它们代替着我，向父亲索要更多的肥料。
坚硬的根茎像一种永不疲倦的抵制，
而在乡亲们的谈论中，他的形象
早已被另一个人悄然替换。
我因此确信，一部不断修改的传记需要抵制
四周巍巍群山庄严的诱惑。

2019 年 4 月 9 日

2019 年 4 月 24 日改

菜谱里的细雨

春山刚刚从酣睡中醒来。

亚热带植物的根系，还没有吮吸到

一孔确信的泉眼。

出于虚妄，一棵樟树披上了豹皮，

但对于一身斑斓的临摹，

似乎仍然逊色于盘旋而过的麝凤蝶。

假道现代性，人工水池的唱片，

开始重播石鸡去年录制好的鸣叫。

说起来可惜，晚餐你们终于还是没吃到毛笋，

端上餐桌的，是另一种不知名的野山笋，

纤细如一根根刺破寂静的针，

此时，却被用于对寂静的缝补。

细雨没有写进菜谱，但不知不觉中

它像一种额外的款待，

在香椿炒蛋和凉拌蕨菜之间到来。

"而这些山是一种剩余，等待着枯干。

风格随暮年的积雪慢慢消融，

直到只剩下嶙峋本身。"

夜色中，白炽灯的钨丝嗞嗞作响，

像是对时间谨慎的抵制，

或者一种小声的忠告，提示我们

诗行所承受的电阻。

2017 年 4 月 26 日

在姑蔑古国旧地写下的二十行诗

——留赠伊有喜

或许只有月光才能胜任

身体的考古，一种持续性的挖掘，

给飞过村委大楼上空的鹁鸪鸟安装了

一片词语的尖喙。

春牛图里，生锈的犁铧，

翻耕着一个集体的冻土层。

绕过资本、现代性和某种贪婪的知识，

我们来到你的老家。

方言里，烂菘菜抱紧了

清白老豆腐。

现在是午后的阳光下，一个圣殿在沉睡。

它不可能在牧童的笛声里醒来，

但在破碎的陶片上，它睁开了眼睛。

一截深埋的古城墙，

像少年时代的一支口琴，

撬开你缄默的嘴。

你说你的祖父也埋在这里，麦浪深处，

畅泳着一尾绿色的蚱蜢。

而就在不远处，

开发区，正露出一排齐整的牙齿。

2017 年 5 月 11 日

入剡记：白雁坑，或被嫁接的语法

带着只草草翻过几页的博纳富瓦，

和被时间拗断的半颗残牙，

我们来拜访一个树种：一种被嫁接的语法。

那坚硬的外壳后面，质朴的拒绝，

自始至终沉睡于古老的眠床。

我们一次次来到这里，

更像是一种索取，

寄生于隐忍乡村的原始想象。

直到捏碎两颗隐秘的瞳仁，

盲目的味觉，才越过阶级和性别，

取得植物学的认证。

仿佛刮开漆黑的现实，虚构的雪开始

在唇齿间显露白垩纪的凛冽。

腐烂的籽粒，像一颗用旧的星球

撞向亚热带荒凉的版图。

再也找不出比青苔更好的铺垫了。

大雁飞过，拔下的羽毛，

刚好可以用于蹩脚的签名；

一轮圆月，刚好为梦游的人照明。

香榧公园里，榧树们从不散步，

它们只负责守护冰川的记忆，

但我分明听到脚步声，响在树林深处。

寂静中松鼠的小闪电劈开寂静，

地质学和想象的断裂被瞬间焊接。

在这个夜晚，那橄榄形的紧凑的力，

给松垮的叙述磨出一个锐角。

早起的你，将看到草叶间尚未融化的霜晶，

像聚拢的颗粒在排练一场告别。

转动的轮毂，一遍遍否定

来自地心的叮咛。

2017 年 12 月 10 日

2017 年 12 月 26 日改

七月哀歌（一）

——题 Z.A.Z 的一张照片

正午的阳光下，量尺虫

在丈量阴影的长度。

当无名的但丁从地狱旅行归来，

词语，捧回自己微凉的骨灰。

疲惫的西湖像一张过时的唱片，

一圈圈涟漪，

像从此废弃的锁链，

刻录出知了持续的轰鸣。

哀乐开始循环播放：那锯齿状的音节。

波浪在倒带。

一个口吃的宇宙在口述：

一部被永恒所遗忘的回忆录里，

那溢出的、剩余的部分。

天鹅在钢琴声里冻住。

盐粒，被泪水连夜运回盐库。

当蜻蜓轻点水面，试图称量圣徒的血，

一根翠绿的唱针，扎入

那转瞬即逝的纹道，

像是要凭空抓住

一种禁忌。一个不能说出的病句。

一只痛苦中碎裂的声盘。

2017 年 7 月 20 日

2017 年 8 月 12 日改

七月哀歌（二）

藤条桌面上，一只幼小的甲虫缓慢爬行，
像一辆第一次上路的小坦克，
它刚刚从木槿花的生产线上下来，
铠甲上七颗新描出的星星，照耀悲伤的七月。

鹅站在庭院里啼鸣，扭成麻花的脖颈
如一段未成型的乐曲被锁进
达利拉长的钟表。
七月，动用了哀歌所搅拌的遗骸。
喉管，吞咽集体的柏油。

通红的脚掌和尖喙之间，
一场臃肿的雪，速冻一个袖珍的大海。

从十八楼的窗口望下去，拆迁的现场
到处都是一团团哆嗦的钢筋，
像荒凉的鸟巢，孵化一个乌云托付的联邦。
高压水枪在火花的挑衅下突然站出来，
给铲斗上冒烟的商业降温。

我想起昨晚的一个梦，你端着冲锋枪

向我索要一首过时的情诗。

醒来，肩胛骨隐隐作痛，如一种漫长的勒索。莫非

记忆有一个粗暴的枪托？而温柔的女同事，

刚刚帮我签收一个快递的齐奥朗。

2019 年 7 月 1 日

里金坞之夜

这是五月的夜晚，密集的蛙鸣声，

刚刚煮熟春耕的田野。

此刻，几位诗人正将自己的身体

浸泡在温泉沸腾的水中，像一只只疲惫的鹤，

将毒排进雾气里升腾的虚无。

"汤溪也有温泉。"1933 年的郁达夫，

远远地看了一眼九峰山，

就去了龙游。

（一只不可救药的病鹤？）

照耀过他的星辰依然在我头顶燃烧，

依然不可摘取，像用旧的泉眼，

试图抽取被禁止的激情。

乡绅已杳不可寻，只有丰腴的鹅，

举起颈项的麦克风大声朗诵，

但空谷已不会再有回音。

九峰山：九支漆黑的松明，

像一种古老的教诲，

让我们辨认脚下分叉的路径。

我堵塞的鼻窦，抵制着暮春的气息。

但分明还有更多的硫磺，

更多的禁忌，

在源源不断地到来。

2017 年 5 月 13 日

枯叶蝶研究

全部的美都是警报
——伊夫·博纳富瓦

仿佛是被另一种万有引力所牵引，

它被钉在那里，但省去了一个十字架。

它仅有的盐粒是真的，但有点甜。

尽管那古老的虚无仍然是

我们共同的眠床，

共同的地方性知识。

或许只有在最纯粹的形式中，它才得以保留，

像一种失传的本地剧种，

追求绚烂，却戏仿了死亡中的寂静，

那叛教般迷幻的刺绣，

抵达数学的精确和幽微。

一场高烧将水银柱逼向高处；

一种失效的重力法则，

让鳞翅目的消防车发出尖利的警报。

记得那是初秋的夜晚，

孩子在灯光下首先发现了它，

一位悄然而至的不速之客。

（惊叹号，随即被折弯成问号。）

它真的像一片树叶，一动不动地，

紧贴在冰凉的墙壁上，

不看我们一眼。

翅膀收拢，犹如两扇古代的窗户。

那精致的纹理和斑点，为一个不存在的王国

绘制出一幅虚妄的地图。

从出生那天，它就早已把自己枯萎，

以此推迟死亡的降临。

它用它的枯干提前建立了一门

自身的考古学。

但还不够，还少一个

为火焰剪枝的纳博科夫。

一个小时、两个小时，它还是一动不动，

固守着同一种姿势，

仿佛有一枚看不见的曲别针，

把它别进一个薄薄的梦。

没有人知道，在它的翅翼下休眠着

一场从未发动的飓风。

那未经译出的部分，显然

有着更多的雪，

更多对融化的拒绝。

如同在漫长人世，我曾无数次强忍住

夺眶的泪水，以免像一枚落叶那样过早枯萎。

只有孩子发现了前翅顶端的

那个锐角，一根无法被抓取的叶柄。

一条条叶脉像小径，引领他进入

分岔的想象：一座只有一只蝴蝶的博物馆。

一种彻底的信任，测试着人的阴暗。

这短暂的火焰，让一颗好奇的心，

折叠成一张透明的纸。

而显然，并没有那么多灰烬，

来说服静静等候的死亡。

2017 年 10 月 17 日

2017 年 11 月 7 日改

大岭后一夜，或海的声音

——给小农

半夜醒来，听到远处大海在微微晃动。

我感觉自己像一名陌生的访客，

站在大海门外。

虚构的大雪缓慢地堆积悬崖。

我徒然地一遍遍揿着废弃的门铃，

时针和分针，再一次剪出霜迹的凛冽。

波浪开始模仿孩子的鼾声，

那声音像是有一千把雪亮的钥匙在连夜打制。

呓语，穿过贝壳与藻类植物

一遍遍推开那扇不断闭合的门。

他在我身边，如此安静，或者说

他就是安静本身，横亘在大海和我之间。

在他问号般张开的耳朵里，

人类的泪水、世界的盐，正在构成

一种古老的互文。

他像一把幼小的钥匙，缓慢地

旋进那奥秘深处的锁芯。

2017 年 11 月 29 日

为一叶废弃的桨橹而作

有人带回野花的项链，以便

奇数的灵魂向沉睡的田野求偶；

有人怀抱枯槁的船木，一如抱回失传的琴，

那年迈的波浪仍在上面弹奏着童年，

练习与悲伤对称的技艺；

有人捡到一把手枪，可疑的准星像发烫的下午，

只对准自己：锈迹、尘埃和永远贫穷的光线。

而我觅得一叶桨橹，仿佛时间的片段，

一碎再碎，却分明还保存着水草的信任；

在江边的乱草丛，它和野鸭的窠巢、死去的鸽子为伍。

它分明还在划动，像一片翅膀，生出

另一片翅膀。我们身体里的水，在喧响中回答

那卷刃的记忆，为何神秘地向着

一本幽暗的航行日志弯曲？

我久久迷惑于那被历史省略的道歉，

搁浅的船舶，却还在乱石和淤泥中运送

国家猩红的铁，和源源不断的

——遗忘的肥料。

2016 年 3 月 29 日

2016 年 3 月 31 日改

为黄公望隐居地的石鸡而作

——赠姚月，兼致永波、苏波

一路上，总是有石鸡追随我们。
它们不屑于与青蛙为伍，不屑于
在庸常的田畴里，为农药喂养的水稻献唱。

鸣声铿锵、凛冽，森森然有金石之韵。
它们像是刚刚从黄子久的富春山居图里跃出，
还带着筲箕里漏出的米粒的清香。

总是有一种更大的矛盾，石缝里
隐逸与挣脱的持久的对峙；
总有一种复数的厌倦，为鲜甜的星光所孕育。

减速的激情，为随身携带的庙堂减去
一个多出来的观音；年轻的道士
在用旧的山川和烟岚里探测万物的回声。

农家乐的长廊下，它们还在你朗诵的童谣中
唱和或争辩，像是有一把幽微的锉刀，
锯开蛙皮下沉睡的道观。

而晦涩不是它们的错，正如唯物的卷尺

丈量不出现实褶皱里那隐秘的声带。

德语区里，格林拜恩与汉斯，拉出一条对角线。

2016 年 5 月 21 日

乱礁洋指南

发烫的阳光下，机帆船切开大海的宁静。
这个午后有足够多的盐粒
用于腌制我从惶恐滩带回的惶恐。
巨兽的脊背微微拱动。有人
开始躺下来，聆听船底的低语。
没有录音，没有记录，但海浪的这份口供，
对我们而言仍然重要，因为它涉及缄默的
深度、词的伦理与诗性的正义。
我想起中午的餐桌上，那一大盘牡蛎，
在镇长诗意的介绍里，看上去
就像一堆散装的乱礁。
它们一个个守口如瓶，似乎是在竭力攥紧
一个秘密，一个失传的原则。
"用力刳开它，里面的肉特别鲜美。"
这里自有一种引诱，让我们突破
修辞的禁忌，撬开坚硬的外壳，
去取回抵押出去的词。
沿着蓝色的脉管，缉私艇
穿过灯塔和鱼鳞之间歧义的部分。
取景框切换到两个小女孩，
一个捧着一本书，她轻声地朗读，

对应于晦暗水域的低音区；

一个捧着一只猫，像另一本安静的书，

用慵懒平息身体里的波涛。

在流亡的语境中，桅杆上飞起的海鸥则是另一个祖国，

或者另一个无法被惶恐减去的文天祥。

而我们都是余数，在乱礁洋——

一张随时要翻转过来的餐桌上，

我们都有一个家国，一首晕眩的诗，

需要重新组装。

2016 年 5 月 18 日

夜宿涌泉

夜半醒来，蛙声嘹亮。

寂静像一张嫩绿的蛙皮，蒙住

我们无辜的脸。

这蛙皮，好像就是乡村分发的一件睡衣，

我们被要求穿上它，以便

在梦境和现实之间交换睡姿。

可是梦已经被修改得模糊不清，只有偏头痛

清晰得像白天见过的橘花。

灼热的青春徒留唏嘘，

残寺与枯井，如过期的药丸被废弃。

蛙声渐趋激烈。我只依稀记得，

从寺庙里，我曾偷窃过一个燕子般

倾斜的偏旁。

而看不见的星辰仍在我们头顶，

沉默如新的泉眼，被要求

涌出滚烫的泉水。

2016 年 5 月 9 日

西湖断桥左岸咖啡闲坐，与柳向阳、飞廉谈翻译与古典诗歌

窗外，细雨织起一件蓑衣；

枯荷，远远近近为西湖殷勤打伞。

来到左岸纯属偶然，而更多的时候，

我似乎习惯站在世界的右边，

正如在咖啡馆，我们点的是立顿红茶。

谈到古典诗歌，不可避免要谈到杜甫和白居易。

被伞柄所鞭策的驴子，给我们快递

一筐终南山的炭或"互文之雪"。

这个下午，当我把自己快递给古代，

湖边的塔尖，也在水波里

找到暮年的影子。

谁说过，翻译就是失去？

西湖的雾霭和水汽，至今拒绝翻译。

因为翻译建立于绝对的信任，像一片片桨叶

瞬间唤醒一条在古典中沉睡多年的蚱蜢。

"而在一座桥断裂的地方，

河南和浙江，李商隐和吉尔伯特，

正取得秘密的联系……"

一个韵脚，召唤着我们进入存在。

在互文中，断桥和残雪

开始交换词的鳞片。

2015 年 12 月 19 日

2016 年 2 月 10 日改

病区札记

1

那是铁路医院改建的一个病区。

睡梦中，总有枕木被死神的手指轻轻弹奏的声音，

那种微微的震颤，彻夜不息。似乎空气里也到处飘浮着

死亡的颗粒：暗黑、粗大、沉重。

但仍然有鸟鸣声啄开厚厚的

拂晓前的黑暗，把我从噩梦中唤醒。

2

在蒙满白雾的窗玻璃上，可以写下

一行什么样的诗？

我用手指画出一张陌生的脸：

嘴巴、鼻子、耳朵；当要画下眼睛时，

我稍稍有些犹豫——

还需要眼睛吗？尽管窗外的树木，每一棵

都在流泪，但每一颗泪水，

都并非从眼睛里流出。

3

你们还在梦乡，而我已经早起。

微雨中，沿途灯火寥落。

在黎明到来前，运渣车忙着偷偷搬运

违章的废料，和幽灵般的星光。

窗玻璃上的雾气，隐藏起这个年代的哀伤与隐痛。

序或跋？那未知的前路，

通向一个不被标记的车站……

4

六个月过去了，它们似乎又长高了一些。

而我依然叫得出它们的名字：

水杉、玉兰、棕榈、石榴、桂树……

这些月光、病菌和暗疾喂养大的

植物和树木，竟然如此生机勃勃，枝繁叶茂。

它们早已高过了病房的顶楼，

最终，它们高过了死亡。

2015 年 5 月

2016 年 5 月改

石 马

一根不存在的缰绳还在牵着它。

鸟鸣声像一个个逗号，连缀起一场

繁体的细雨。似乎雀舌上

新建了一条歧义的跑道，以供

通往墓园的新翅或旧蹄起降。

聋了，瞎了，但它还有石头的鼻子，

它的头低低地垂下，似乎要从暮春的落叶里，

嗅出死亡微甜的气息。远处，书声琅琅，

年轻的嗓音忙于练习蹄声、鼓点，

和语法缝制的鞍辔。

马已经丧失奔腾的能力，但在石头里，

它温驯的形象还有待于完成；

它的哀伤，还有待于我们的目光

在持续的凝注中一次次雕琢。

而更远处，天主堂的小院，远雷替你捂紧了

耳朵；省道上的运渣车正忙于搬运

小城镇试点的寂静。

2016 年 4 月 12 日

第三只鸟

"是哪一只鸟在树林里唱歌呢？"

"第三只鸟！"
哦，稚嫩的童音里，一首诗在一瞬间醒来。
那转动的瞳孔，凿在可能性的脸颊上。

金色的光线，让黑夜缚紧的枝条，
手臂一般渐次松开。

只有你，看见了鸟的白色胸脯上
一粒褐色的斑点。
——那趋向无限的丰富中，剩余的少数。

通过一种奇异的算术，
你向我介绍了这只不存在的鸟。

2014 年 5 月 6 日

2016 年 2 月 16 日改

孤 松

俞家大院露台。不远处，一棵孤松兀立，
如废弃不用的天线。
但它分明还在接收那些不明来历的信号——

刑枷的啜泣、琴匣的哀鸣、斧柄的致歉和绞架收紧时
那一阵阵无声的战栗……

它为何只有孤零零一棵？在乱冈、孤坟和挖掘机之间，
像一场悬置的判决，只接受闪电的质询；
也像一柄剑，仍在刺向虚无的军械局。①

如果它开始朗诵，那一定是一首赦免之诗。
它代替我哑掉的嗓子说出了沧桑。
一管铜号的锈迹。瓦片上剥下的鱼鳞。

群山是本地听众，却四面八方，从无数个异乡赶来。

---

① 俞丹屏，嵊州（今浙江嵊县）下王镇泉岗村人，辛亥革命时
期著名实业家。曾随辛亥英豪王金发参加敢死队，在光复杭州时
攻入军械局。俞家大院系其旧居所在地。

当它们抵达，一只替寂静圈地的饿鹰

开始啄食松针弹开的敌意。

松涛需要短暂的休息。那被反复投递的辉白茶，

开始具备一种地理学的霜迹和悲悯。

2016 年 4 月 23 日

2016 年 4 月 24 日改

山脊线或一首诗

依稀记得，在山脊线上，有过一次短暂的争吵，

它发生在阔叶林与针叶林、

梦境与现实、身份与地域之间，

抑或是胡兰成与谢灵运之间，一副楹联的

上联与下联之间？ 而一首诗

自始至终沉默着，像一路上那些失去籍贯的岩石。

因为它拥有只属于它的边界和通行证。

它只被隐秘的积雪和方言所转译。

它随身携带的，是一块不断移动的界碑。

2016 年 4 月 23 日

与蜂群相遇

在我们没有准备的一刹那，
蜂群像没有源头的飞瀑，在我们头顶倾泻而下。
辉煌的演奏，莫非需要从一个意外的乐句
开始讲述"本地的现实"？
但我知道，它们随时准备好了一枚
肉身里长出来的针——
蜜，往往需要从意外的一蜇找到
不可知的蜜源。这些针
将空气中激荡的漩涡穿成线，
刺向无边的虚空，
并缝缀起我们普遍的疲惫与破碎。
而我们显然还未准备好一只蜜罐，用于盛放
鸡爪槭一路赠送的惊叹号。
当蜂群开始俯冲，我们终于　个个蹲下来，
这无限接近祈祷的姿势，终于让一颗
吝于赞美的心品尝到微苦的甜。

或许我们都是木鸡，或呆头鹅？晕眩于
一个军团的加速和轰炸的密度；
正如燕子的病房，需要越剧和水袖的抚慰。
正午发烫的光线里，词语的肉身

在寻找一枚针；蜜的总和

在寻找组成它的一滴最小的蜜。

商业的腰带，显然还没有缚紧蜜蜂过于纤细的

腰肢。搭乘这一架架金色的直升机，

我们回到民国，魏晋。

回到一只倒扣的酒杯，以此绕过某种地域分歧，

以及高速公路上的一次迷航。

而当我们回过神来，蜂群已杳不可寻，

像一阵踩着滑轮的旋风，

不可能被怀疑论的手指所采摘。

2016 年 4 月 23 日

乙未年十二月廿九下午，过郁达夫故居

1

铜像和他的影子，在共同享用这一年剩余的阳光。

青铜的鼻孔已经丧失嗅觉，几步之外，两株蜡梅的怒放无人理睬，

像小语种的忧伤，遭遇结痂的审美。

2

他曾经出发的南门码头，已变成一个鱼市。

无党派的秤杆和老干部体的韵脚，

国家大事和漏网之鱼，每天清晨在这里讨价还价。

3

大门紧锁，锁住一棵芭蕉，满园卓约，半册意识流小说。

铜像借用了他的身体和虚幻的名声，和岁末的风灌进耳朵

时，那一点点痒。

那些扑向砧板的鱼，留下了满地的鳞片，在风中互相追赶。

4

而现在，我只看到一个老太太，在江边清洗一辆自行车（兴

许是她孙子的童车）；

一个救生圈，被禁闭在透明的盒子里面壁思过。

它唯一要救的，是否就是自己？

5

台阶把我的影子裁成一截一截，像岁末的阳光在给时间分行。

或许这样的时刻，人需要青铜一般的沉着和安静；需要

一颗枯柳般的心，把那一点点鹅黄藏得更深。

2016 年 2 月 7 日

原　则

……而真正的原则只为那些隧道所拥有。

在未完成的全集里，

翘嘴白鱼像一根傲慢的扁担，横亘在

你和我之间，被平庸的现实和陡峭的想象坠弯。

原则：美如沉默的鹿角。

教授度假的耳朵在汤匙的声音里发痒。

直到激动的浮标，拉响了埋在水底的那口钟；

直到我辨读出你身上的另一道泉水。

2015 年 5 月 4 日

在桥上

在桥上，我关心的是桥下的事物：
游鱼，水草，深埋的淤泥；一条黑暗中畅泳的蛇，
许多年前，它曾经像闪电让我的脚踵尖叫。
当然还有那些漂浮的塑料袋，
无视重力法则的泡沫板，废弃的避孕套，
淹死的猫和老鼠。

这是一条叫"苋浦"的内河，日夜押运着
这些城市的排泄物。它显然已经习惯
这分分秒秒的单调和枯燥，就像我们习惯于
制造更多的垃圾，习惯于日复一日地
屈从和愧疚。
齿轮在磨损，发条开始松弛。中年
被追逐到了危险的桥上。

我分明能够听到，扎啤在肠胃里奋勇前进的声音；
甚至叹息，分明也带上了城乡接合部的潦草。
相比于头顶的星空，我更关心坠落河底的星星；
相比于水滴的总和，我更关心每一颗水珠；
相比于统计学的清晰，我更倾心
淤泥深处的蚌壳和歧义。

而已经多久，我羞于说出爱？

因此我感谢今晚被驱逐到这里的夜宵摊，

感谢给我端来白开水的丰满的老板娘，

感谢陪伴我度过晦暗时光的你们。

当然，我也感谢刺鼻的油烟味，这生活撰写的另一份

授奖词，逼迫我报以温热的泪水，

让我敢于改写温茨洛瓦的诗句：每一秒，

我们都在与自己告别。

2015 年 7 月 16 日

殡仪馆

哀乐，一再把自己压到最低，
像是一种告诫：轻一些，再轻一些。
不要惊醒死者，不要让死者感到羞愧和不安，
直到词语捧回自己微热的灰烬。
直到最后一丝烟缕像虚妄的教义被风吹散。
已经没有谁，可以转述那替代性的生涯。因为

已经没有什么可以放弃。那些罪、骄傲、荣誉，
包括圣殿里的狂欢和仪式，都已经脱离
上帝所指派和给予的唯一的形象。
仅仅在想象里，炉膛的炽烈还在烤炙
那节省下来的悼词和眼泪。直到死者完全放弃
对地狱的反驳，生者也从审判的队列里悄悄走开。

2015 年 7 月 17 日

清晨醒来，读一本借来的诗集

一本借来的诗集，有着挥之不去的农药味。
许多年过去，原谅我仍然保持着
对死亡足够的耐心。
而对于墓碑上没有写完的那一行诗，
藤蔓和荒草的劝告仍然有效。

秋天的庄稼仍然茂盛，它们的根须
扎向湖底的马头墙。
你似乎从未死去，你仍然勇敢地跟我们一道，
活在一个农药喂养的国度。
恶仍然被赞美，
厌倦的枝头，已经果实累累。
但对于我们共有的深渊，你并不试图
辩驳；你知道，喷雾器里射出的
从来不会是施洗的雨水。

昨晚你的老家来人了，他带来
湖水的芬芳，和一条大鱼被捕捞的新闻。
我们在江边喝茶、交谈，月亮
时隐时现，像一页不合时宜的信笺，
仍然留有你那个年代的手迹，

打开，又旋即折叠。

似乎自始至终你都在聆听
我们的谈话，如同我腰间的钥匙在忍受；
如同你曾经忍受如火如荼的生活，
如同生活的反面，从来不会是一首挽留的诗。

有人养鹤，
有人写碑，
有人骑在鹤的背脊上，贩卖鹤的器官。
只有我在那些借来的词里寻找
借来的嘴唇。
只有词的公墓里，一截石碑还在踮起脚尖
张望经血般碧绿的湖水。

2015 年 10 月 21 日

蝉 衣

从药柜里拉出一个发烫的下午。医学答辩
在白云深处开始，但不会有结束。
蝉鸣声声煮沸的医学院，
用浓稠的汁液
灌溉枝繁叶茂的梧桐，一种
正在发育的疾病。

那一刻，从伦理的抽屉，
拉出帝国分配的一车皮蝉衣。
但呐喊始终未被听见，一个低回声团块
始终沉默。这是否意味着
一只聋掉的耳朵，需要一块黄铜灼热的担保？

似乎它还能振动翅翼，像一次测试；
还能与一个陌生的"他者"
相遇，交谈，并且构成对自身的辩驳。
但囚徒已经逃脱，只留下一件
不编码的囚衣。
一只废弃的药箱。

那一刻，烈焰置换为文火。

密闭的瓦罐里，抛向高处的草药，

重新回到底部，像春天的雷霆从屋顶滑落。

那传说中的苦杯，等待我啜饮。

那浓稠的黑暗，等待我咽下。

2015 年 4 月 1 日

星期三的雷声

撬开雀舌，那里压着一勺生涩的闷雷。
一枝刺破寂静的春笋，
等待着用星期三的语气发言。

不放假的乌云，代表阴影里的真理，
送上一份怒气冲冲的礼物。

而他如此安静，仿佛第一次听到雷声，
似乎他已经习惯用糖的滋味，
在一张白纸上涂抹色彩。
他无边的提问，此刻已被奶声奶气的欢迎代替。

仿佛天空中走下来的，是一只闪电里
刚睡醒的狮子。无邪的气息，暗合于微甜的魔法。
他想起在客厅里他曾用力地拖动
一把陌生的椅子。

雷声羞怯而温柔。一个解散已久的诗社，

在纸页间重新获得了呼吸。

古老的星期如禀赋，被轻轻对折。

2012 年 9 月

2014 年 4 月 11 日改

入剡记：后视镜里的落日

后视镜里的落日，像一颗硕大的头颅
滚动在故乡的断头台上
农药的气味里，挖掘机沮丧于
已经没有多少乡愁可挖

酒桌上迟到的秘书，沮丧于一根格律的权杖
那伸得过长的手臂像非法的破折号
引申出一个"无主体"的深渊：人皮绷紧的
天空。词源里无法查找的沃罗涅什
松开的领带，让中年的乡绅
拥有了一个伦理的喉结

蚕还在桑叶上爬行
一枚生锈的图钉，把陈旧的耻辱
摁入嵊州的一片桑园：一个桑葚喂养的共和国
地图过于辽阔了，以至那些积极的镰刀
也练就了新月的忧伤

后视镜里的落日，终于抹去垂死者的面孔
缓刑的犁沟
在严厉的逼迫中写下供词

鸟儿们刚刚结束一场事先排演的座谈

一支刺鼻的烟囱，在向天空输诚

铁钳咬紧的落日，沮丧于一条无法申辩的

舌头。滚烫的弹道上

秋瑾追上了王金发

2014 年 10 月 19 日

在千岛湖听泉子谈及亡兄

在千岛湖，第一次听你谈起你的亡兄

那是曙光路的一家三星级酒店

在一种绝对的黑暗中

脑膜炎、癫痫病，像两根潮湿的早已过期的

火柴，划亮修辞学的病区

在你平静的叙述中，湖水一次次

拍击湖岸

那声音，像是丢失了许多年的一串钥匙

在这一刻，通过时间的手被归还

……而死亡从来不会是结束

或许只有回声理解了一个沉睡于水底的

圣殿，或许只有破碎的涟漪

才能修复一张仍然俊美的脸庞

你的亡兄，他代替你在水里坐牢

当黑暗缓缓合上那顺从的眼睑

他代替一面镜子，将时间

从巨大的虚无中拯救出来

2014 年 5 月 16 日

失联之诗

她把自己劫持到了哪里？

——王家新

一个词还在满天飞，尽管

它的骸骨早已坠落于泪水蓄积而成的

大海。鹤望兰高昂的头

像一部失灵的雷达绝望于

白玉兰的空管塔，只有钟表还在不停地

嘀咕：你这海鸥的登机牌现在

葬身何处？那些漂浮的碎片

仍在努力拼凑一册《解体概要》

因为每一次写作，都是对最终那个

伟大遗嘱的无限接近，或者背叛

仿佛大海里还藏着另一个秘密的大海

像词的公墓，寄存你遗落的发卡

我看见一把木梳骑着你的黑发

分开涟漪，向一个事实飞奔

而你已经失联。你关闭了全身的应答系统

接下来就只剩下一个可能，那就是

你是你自己的劫持者，你就是那谜一般的

语法的创建者，你就是你的牢房

据可靠消息：天堂里的纸飞机起飞后

至少曾经有过"消失的一小时"

然后是漫长的沉默，一道幽深的海峡

终于对道德的此岸和彼岸做出区分

沿着未知抛过来的绳索，人类的泪水还在

向更高处的悲悯攀登。但我依然找不到盐粒腌制的

信仰，还有那本被无神论者冒用的护照

这意味着辩证法的俱乐部开始解体

这意味着大海太狭隘，理解不了

一枚针过于辽阔的苦闷

祈祷词太咸，合唱团里的空难纠正着

一只军舰鸟晕眩的时刻表

这意味着美学的血库开始告急：

一个失踪的词，把自己劫持到了哪里？

2014 年 3 月 17 日

论灰烬作为唯一的礼物

——游岳麓山，赠长沙王砚、刘洵

假道一种幻觉，我轻易地跨越了山脊
仿佛一滴松脂一瞬间治愈了
风景的痼疾。修辞的松针
在天空的蔚蓝里接受云朵的招安
只有死者跟死者的交谈，超越了时间的
碑石，并且一再获得山风的宽恕
一只蜥蜴从墓碑下爬出
像过时的闪电，照亮橘子内部的主义
一册苔藓覆盖的语录里，小径转弯
戴礼帽的"纯洁性"已恭候多时
那一刻，我差点叫出它的
名叫"正当性"的孪生兄弟

从来没有哪一座山，有如此多的墓冢
我像是在幽灵的队列里穿行，仿佛
志士仁人已习惯于被打扰，铁锈味的鸟鸣
仍在固执地为鬼魂代笔。唯一
被免予拆迁的是饥饿的地狱
它只能由定律、罪和黑暗的心喂养
灰烬懂得沉默，尚未完工的锁链

只为革命而定制。飞蛾槭扮演的刺客
在一种虚无的语法里，继续为那场
失败的行刺辩护。而找不到的
寺庙深处逸出的木鱼
一声声，超度鹤眼里溺死的塔影

2014 年 4 月 3 日

札记：岁末读薇依

1

时代依然贫困。清晨的寒霜

在雾霾弄脏的玻璃上绣花

它可以是任何一种思想的饰物，但不会是

十字架。不会是

一种远远高于数学的精确性

如同你曾为之劳作的语言

依然对神性负有债务

"……阻止我们赖以呼吸的空气变得

越来越粗俗。"你的预言

不幸早就变成现实

你准确地辨认出奴役着我们的

贪婪的气息

一头柏拉图的"社会怪兽"的咆哮

你早就懂得，没有什么冠冕

比一个衣衫褴褛的世界更值得欢呼

因为代数和金钱，已经同时凯旋

"一个不断增长的数，以为自己在接近无限"

2

枯井里的那枚钥匙

像一个你一再弃绝而又渴望的身体

在那里，唯有无言的沉默构成了最高的真实

唯有词的破碎造就了你的完整

如同从尘世的重负里提炼出一个

强有力的父亲，你在陌生人身上认出自己的兄弟

在宇宙里认出匿名的上帝

你一生的职责就是铲除"我"这个字

而我却让这把铁锹闲置、生锈

为了防止灵魂的转变，你一生都在

让自己变丑："不戴帽子，短而硬的头发

梳不好，活像乌鸦的羽毛

从脸的两边冒出。"①

这毋庸置疑：没有一只夜莺，比乌鸦

更接近真理的

耳朵。

而车间里的轰鸣，似乎至今

还在折磨你的神经

---

① 此句为西蒙娜·薇依友人对她的描述，其余引文出自薇依本人著作。

3

你的渴望是化身为一座桥梁，"完成创世的

剩余工作"，因为你坚信神恩只能

来自天外，来自某个神秘的

洞穴。你困惑于那不可逾越的距离

那是被造物与造物主，必然性与善，重力与恩典

甚至一个上帝与另一个上帝之间

无限遥远的分离

你告诉我，关于上帝我们只能知道一件事

那就是：他是我们

所不是。我们的受苦是他唯一的形象

像两名囚犯，我们和他，只能隔着一堵墙交谈

因为他不存在，所以"应该爱那不存在之物"

而我跟你一样，几十年之后

站在真理的门外，为那唯一的一条路

而害怕。汹涌的胆汁

通过胃窦，向陡峭的现实发言——

"害怕错过死亡，而不是

害怕错过生命……"

4

似乎你的葬礼至今还没有结束

一辆火车，永久停留在

1943 年 8 月 30 日的站台。像一个刚刚布置好的

荒诞派戏剧的场景，你的朋友们

还在阿什福德墓地徒劳地等待

那位牧师，他稀里糊涂上错了火车，最终

未能赶到为你举行祈祷

借着岁末的暮色，我看到你毕生与之争辩的

曙光，在勾勒迷雾中迷途的枝条

而当我在惨白的纸页上醒来

你仍在一次次提醒，上帝还没有打算

把天国的梯子交还给我们

真理，还在为那个"最微小的贪恋"

付出代价：或许是永恒，或许是

永恒最短暂的伴娘

2013 年 12 月 31 日

2014 年 1 月 2 日改

林间漫步

林间漫步，我听见蚂蚁

咬痛寂静的声音

山泉，在落叶的掩护下运送天真的分币

一句诗分行的地方，终于出现啄木鸟标记的

暗号，像一个逗点，每次都带来

小小的喜悦。蘑菇那里借来的耳朵

终于从树林深处获得颁奖词

仿佛那完全陌生的器官第一次接受命名

雏鸟的鸣叫，测试着山谷的音箱

一份对于光明的赞美，或许

应该交托给"孤绝于语言"的舌头

那被委以重任的播音员

从一个谜团里，不断抽取空难的美学

湖面上，水鸟的碎步踩出一长串

简洁的省略号，像一种演奏

在意外的治疗中赎回抵押出去的乐器

远处，是鸟窝在重新酿造寂静

一处晦涩的遗址。一个

比记忆里的樱桃甜美的阴道

等待着鹤嘴锄的考古

2013 年 3 月 10 日

2013 年 3 月 28 日改

民主的诗学

窗外，一只鸟的鸣叫，如此放肆
从高音到低音，从短音到长音
其间的转换挪移，迅捷得
出乎我的意料，像是在嘲讽我贫乏的韵律学

又像是一种炫技。似乎它意识到了自己的轻佻
某一个瞬间，它重新回到沉寂的立法院
随后是更多的鸟鸣，穿过方言的郊区涌向我的耳膜
而那多出来的一滴，是否代表了美学的剩余

2014 年 4 月 12 日

有一种肯定和赞美

让我惊奇的是，先于"要"

他学会了大声说"不要"

对于这个陌生的世界，他似乎觉得

有一种肯定和领受，必须经由拒绝和否定

就像有一种赞美和仰望，必须经由

泪水，和一再的屈膝

2014 年 4 月 25 日

燕子衔来更多的泥土

某一天，他学会了说"燕子的家"
他准确地辨认出童话书里
没有被壁虎借走的尾巴
一只电度表上，燕子的翅膀被闪电借用为指针

当然，他还需要更细心地辨认屋檐下
失丧的家园：一个地址。一个投递怜悯的邮箱
那为泥土所答允的每一声呢喃
对不穿礼服的听觉，构成了新鲜的测试

需要辨认爱，更需要辨认爱里的匮乏
需要辨认食物，更需要辨认劳作和汗水
他的迷惑和惊奇在这里得到庇护
为了喂饱一个饥饿的词，燕子正衔来更多的泥土

2014 年 4 月 27 日

肖像：献给马尔克斯

第一次，不眠的星辰认可了你的长眠

你使用过的魔术仍在迷雾中闪烁

那张服膺于虚无的脸上，曾密布城镇、山川

以及永恒的悲伤，灾难的风暴中哭泣的

野鸭。迷宫已让你厌倦，你只渴望成为一种

元素，成为世界的本质的一部分

成为你从未写出的一本书中隐匿的文字

像岩石内部的淙淙流水，只为神捏出的嘴唇准备

你躺在贫穷的尘土中，尘土一般安然

成为整体的一部分，成为空出来的一行

士兵笨重的皮靴再也踩不醒你的梦

唯有你留下的声音，还在书页里呢喃

你派遣的影子还在墙壁上读书

你用心血喂养的蚊子，在闷热的午夜扇动翅膀

向墨西哥城环形剧场空空的椅子发表演讲

像克尔凯郭尔笔下的克利马科斯所说

"我没有学问可以提供"，你也不准备

提供担架，对于混乱、匮乏、不可救药的现实

你只负责提供另一种炽烈的"现实"

你留下的冰块，依然在遥远的大陆闪耀

行刑队的枪口，滚烫，余烟袅袅

2014 年 4 月 19 日

给一位小说家

扛着一麻袋打包的宇宙真理，
一头发情的驴子，打算跟谁一起私奔？

这是一部小说的开头，套路有点儿蹩脚，
却扣人心弦；关键是它挠到了女编辑的痒痒。

现实主义的旧客厅里，屠格涅夫的猎枪
挂了一个下午，这未免太辜负了美好的时代。

慵懒的真皮沙发上，跷着巴尔扎克的二郎腿；
一只叫春的猫，在呼唤文艺的春天。

丰乳肥臀的花瓶，碎于一地鸡毛的想象力；
而平庸的现实中，鹅的脖颈模仿了阿谀的话筒。

语言在打滑，恶在三流的读者中求偶。
似乎只有无穷无尽的解构，才能包养贫穷的政治；

似乎只有乞力马扎罗的雪，才能冰镇一名镇长
施政报告里激动人心的数字。

星星改装的电灯泡，照耀着写情诗的贪官。

从废弃的游泳池，到刑具的档案馆，唯有金鱼知道破绽。

哦，请原谅我的不恭——哪怕一不留神

你继承了一笔塞万提斯的遗产，

也不要用所谓的"现实"来忽悠，

哪怕你信誓旦旦地祈求：给我一个卡佛，或者卡夫卡。

2015 年 1 月 24 日

记一次乡间出殡祷告仪式

他的肉身已经烧成了灰，生平

被一种最简洁的方式所缩写，他的灵魂已经

"睡主怀中"。在女传道人高亢的

声调里，亲人们的哭泣被压低

鸡在天井里悠闲地觅食，几个孩子在互相追逐

电线上的两只燕子倒像是最专心的听众

似乎只有它们懂得那只木盒子里

灰烬的缄默

也像是乐谱里熟睡的两个音符

介于召唤和抗拒之间

等待一首赞美诗将它们叫醒

这中间有几秒钟的停顿，像福音降临之前的空白

将罪人的忏悔逼向瓦片里收藏的火焰

午后一点的阳光泼洒下来。鸡冠花

在集结最后的阴影

那一刻，时钟的舌头变得柔软

尘土覆盖的生平得到祝福

"在一个更美的家乡，泪水是甜的"

2014 年 5 月 25 日

遗作的诗学

空气里，飘浮熟悉的语气和语调。
舌头负责搬运
获救之词。
词与词的对质，触及死亡所灌溉的尘土。
我看到，你正重新回来，为了穿越
我们共有的"自我的深渊"。

这些曾被你大口呼吸过的
词的颗粒物，通过死亡维护了
一种纯洁和健康的竞技。
你以你的缺席，拒绝了死亡里的消费。

哦，幸亏还有泪水，
负责赎回生者的虚谎和悲悯。
幸亏还有不多的盐粒，足以赦免
一个幸存者组成的俱乐部。
（从邮局搬回你的诗集，我大汗淋漓。
粗重的喘息，似乎是为了
减轻灵魂的重负。）

朗诵是否就是呼唤？像一门考古学

用不可见的铁锹挖掘出"被埋葬的未来"。

直到亡灵开口说话，直到

骨灰瓮里

仁慈的灰烬告诫我：

把每一首诗当作遗作来写，

把每一个词，当作世界的遗骸。

幸亏还有另一把铁锹，挖出卡在喉咙里的

石头和刺。

因为遗作里，必有神秘的托付。

2014 年 7 月 12 日 嵊州

2014 年 7 月 1 日 改

灰鹅之诗

（或湘溪银杏公园旅游指南）

半路上，我们终于与一群灰鹅相遇

不多不少，刚好六只，如一部未完成的《创世纪》

它们冲着我们高亢地啼鸣

那金属的音色，似乎是为了宣告

一种被山泉洗濯过的韵律学

它们不是天鹅，但颀长的脖颈齐齐刺向我们

像一支支堂吉诃德的长矛

（少年时，鹅在我腿肚子上啄下的疤痕

像一个韵脚开始隐隐发痒）

而在另一个场合。湘溪村委一楼会议室。

一群诗人将谈论一枚不合时宜的别针

直到"把自己别进反对的阴影"

如同灰鹅身上的灰，在一首诗中，却构成

一种异质的邀请

奇数的灵魂，或许真的需要偶数的礼物

那一点点的灰反对着银杏剩余的金黄

像是一个悖论的少数党，挑战了道德的洁癖

在返回的路上，转向山坡的拐弯处

一块"云豹自然保护区"的牌子

兀立。那一刻，我仿佛真的看到斑斓的豹纹

在树林间闪动。像一个虚词，叩询失踪的地址

……而在云豹与灰鹅之间

黑色和白色之间

莫非真的需要一个晦涩的过渡？

2014 年 11 月 22 日

苦杏仁

——致回地

让我变苦。

把我数进杏仁。

——保罗·策兰《数数杏仁》

需要敲开那坚硬的外壳

取出苦涩的核心，像一种否定的治疗

在反义词里，取出词的本质

也像一种驳斥，在被置换的政治里

取出歧义的部分

取出我们的犹豫、羞耻、盲目

我们的对峙和悬而未决

一首诗：欲言又止的结尾

在望京医院白色的走廊里

你遭遇一个被剥离的词

那存在的难和苦，存在的孤立、空白

一把冰凉的钳子，取出体内的肿胀之物

你开始重新辨认那些地狱的场景

以便用汉语喊出那位"苦弱的上帝"
像一个新的朋霍费尔，对高处的法则做出拒绝

在通州农贸市场，你终于买到一袋苦杏仁
你终于重新找回内科医生的老本行
你的弦子上，拉出另一个声音："让我变苦。"

一首挣扎的诗，它既是判词，更是供词

2012 年 10 月 3 日

在浴室里接到西兰从日本打来的电话

在习惯沉默的钩子上，手机铃声
固执地鸣叫着。
我来不及擦干湿漉漉的手。
淋浴房的喷头垂下，像一只沮丧的听筒
将一场虚构的大雨传送。

一阵阵知了的叫声，
从两千多公里之外传来。
那一刻，一个遥远而不真实的世界被联通。
你说你在奈良公园散步，练习
比仙鹤还要缓慢的韵脚。

我似乎能够看到，树冠在黑暗中，
默认你脚下的小径。
爬行的蛇，带你寻找丢失的
辅音串成的钥匙。

那随身携带的腹腔，
在另一种语言里，
翻译出一个陌生的停机坪。

在不被回答的生活中，我侧耳辨认
晦涩的音阶，苦闷的齿轮下
那反美学的簧片。

知了的叫声，加深着富士山的积雪。
你的语气里渐渐出现流亡的
天鹅。而我试图凭借
掠过金阁寺的乌鸦的翅膀，
让赤裸的真理，获得一个难民的身份。

镜子里，我看到的是一个完全陌生的人
"满脸漆黑，身心摧残，早已不是
生下来时的模样。"
仿佛就是这个"第二自我"，
在跟我通话，跟我
悲伤地相认。

哦，镜子碎裂。
沐浴露掩埋的身体的废墟，
将一把虚无的铅锤赠予。

2014 年 9 月 9 日

山中度过的一个下午

这足够让我不解，晴朗的天空下

闪电正络绎不绝地到来

像远道而来的客人，未经邀请

却从词语的内部抓住你

但是还不够，还需要再赠送一个闪电

才能把一款游戏坚持到底

密集的苍蝇像直升机，在一盘哈密瓜上空盘旋

有人再次谈论起那场审判，仿佛

乏味的节日需要政治的润滑剂

而法庭上的咆哮，湮没于修辞的消音器

为了要弄懂知了的弦外之音

我们或许首先得凝神于松果掉落的一刹那

那细微的声响，接近于一次意外的治疗

在时间之外，它拒绝了"发明"

并且对我们的谎言不予理睬

却无意中创造出一种新的记忆

十月，知了的鸣叫趋于舒缓

仿佛忙音就要结束，一部停机已久的

旧电话机即将被拨通

有人争辩起"追赶"和"索取"的区别

有人开始质疑年幼的柿子树的刑期

有人荒腔走板，用走调的方言大声朗诵
在这个庸常的下午，那隐秘的法则
一再被柔软的松针肯定

2013 年 5 月

泪水的银行

——为王驰而作

1

死亡，意味着你治好了自己的疾病

意味着你终于挣脱囚禁你的

那个"血腥的笼子"①

仿佛停止呼吸的不是你，而是呼吸机

仿佛你已经痊愈，而我们还在生病

如回的短信里所言："……而我们的恶尚未除尽"

我们忍着不说的一个词，你终于替我们说出

——在破碎和熄灭的那一个瞬间

死亡的计算器暂时失效：整整一个世界的血

何以从一个人的颅腔里溢出？

2

无力回天者，终于可以把死一次性烧掉

烧成耀眼的炭，像一场意外的火灾

把诗烧成语言的灰烬

---

① "血腥的笼子"，出自张枣《卡夫卡致菲丽丝》一诗。

（一本你来不及阅读的诗集，教导我放弃雄辩）

顺着细微的脉搏，我分明听见

那血流的飞瀑，正奋力砸向

蛛网编织的宇宙，那"必然性"统治的世界

如同一禾写到过的那柄

索命的"血斧"，此刻静静伫立

在运送灵柩的途中

3

你终于拥有了一家泪水的银行

那珍贵的银币，仿佛在盐粒里腌制过

那赠予是咸的，因此永远不会贬值

而你已不可能跟我们说话，墓石

堵住你的嘴唇，像一种胁迫

但你仍然在提问，并且要求我们马上回答

——用镌刻在虚空里的语气和神情

仿佛我们的耳边，仍然是血在飒飒飞驰

仍然是葵盘在缓缓自转；帝国茶楼里一枚潜泳的

茶叶，仍在转述神秘的渴意①

2013 年 6 月 24 日

---

① 帝国茶楼为嵊州一茶楼名，王驰曾于数年前在此请我和回
地，以及其他故乡诗友喝茶。

黑暗传：三分之一的月亮

那死亡般的巨大渴意，今晚仅供我啜饮
月亮透明的骨灰盒里，滚出
舞蹈着的银骨针。尚未熄灭的灰烬
带着那个词的温度、呼吸，应答着一只萤火虫
微弱的托付。一个膝盖托起的梦
石头一般沉重，死者一般冰凉
像黑夜为你合上的一顶棺盖
寂静：我尚未烧制成型的嘴唇
那些节省下来的声音被一管骨笛收藏
因为一开口几乎就是犯罪，所以我请求琴弦
为秋天最后一只知了，省下一枚滑音
你代替大理石的额头，此时像一片小小的危崖
被三分之一的月亮照耀。你的睡眠，脆薄如蝉翼
安谧如墓园。而我仍然无法获得救赎
我只能陪着你和亡灵散一会儿步，像两块
无知的墓碑，被内心的黑暗所雕凿

2012 年 9 月 9 日

黑暗传：年方三小时的月亮

这古老的刑具，在我们的仰望里
越挂越高。我们唇间的言辞提前被死者借走
我们空荡荡的手从石头里伸出，又迅即被石头
囚禁。抽象的波纹上，银亮的纺线在编织
一匹晕眩的丝绸，仿佛是要给这个夜晚
呈献一件完美的尸衣，仿佛
在上一次死去之后，我们有必要再死一次
那些冷却了的骨灰，有必要再烧一次

就像死亡才是最完美的眠床
如此空旷的寂静，或许只有死者才能分享
那甘洌的琼浆，也只有死者才能畅饮
在那个无法进入的世界里，是那些幽灵
在独自散步，是一只来历不明的猫，忙于给寂静装上
不存在的脚趾。而干净的月光，像是死者伸过来的
臂膀，温柔地绕在我们肮脏的颈项上
哦，一个虚无的肚脐，忙于在水里认出它自己

2012 年 9 月 11 日

179

清 明

雨的刷子又把山谷漆了一遍。

硫磺浇灌的亡灵，在蕨菜的喜悦中

分享了耳朵所模仿的新芽。

悲伤的漆匠，把故乡的襁衣，一件件漆绿。

这一天，柳条再度接通了一千条电话线，

仅仅是为了让我们说一声："喂！"

——用泥土捏出的嘴唇，地衣才能听懂的方言。

我知道，唯有死亡，把我和故乡漫长的联结

坚持到了今天，像地底下的根须

与黑暗之间，继续着一场甜蜜的争吵。

请原谅我固执的打扰。每年的这一天，

我来到这里，是否就是为了寻找

你们永远带走的，我身体里那些晦涩得

无法命名的部分？顺着鹁鸪鸟的叫声砌成的台阶，

仿佛我也在加入，那不断到来的死者的行列。

在一首无从质疑的诗歌中，

仿佛我就是其中空出来的一行：

那贯穿始终的幽灵学，那有待挖掘的

白云构筑的墓穴。而电话线那一端传来的

始终是你们矿脉般永恒的沉默。

2013 年 4 月 5 日

2013 年 4 月 7 日改

答友人问，或林学院的雪

似乎我在挑选可以站立的词。
——帕斯捷尔纳克

友人短信问我：今夜的雨是否会演变成春雪？
这尚未可知，就像一个悬念，在意料之外
等待落下，融化。时令已经是三月，
梅花从林学院的衣柜里探出来；
茶学系教授的讲义里，龙井在测试着舌头的
觉悟。我深知自己早就丧失怜悯的资格，
像那些被遗弃的雪，丧失了寒冷的刻度。
而留下来的，仅仅是被道德放逐的雪，被修辞
囚禁的雪，被沃罗涅日的白骨腌制的雪。
我告诉友人，已经两个月没有写诗。
这让我足够羞愧，博客上贴出来的也还是
始终去年十月的旧作。似乎我从事的
是一项徒劳的工作，那就是从旧雪中
去领回刚刚出走的新雪。
就像始终有一个词，在不可知之处
站立，像拒绝倒塌的盐柱。
始终有一门雪的修辞学，等待我们去创立。
始终有一首诗，关于救赎、恩典和无望的跋涉。
始终有一个故乡，只有第一朵梅花，最先认出了它。

始终有一个林学院，它唯一的课程是结晶的技艺。

始终有一个雪人，全身泪水，却拒绝悲伤；

锯掉了双腿，仍竭尽全力向春天奔跑。

如沃尔科特写过的"白色的纸页"，在沉默中

认出界桩，战栗的电线，墨水里寄存的

无穷无尽的空白和泥泞。哦，始终

有一种剩余的雪，拒绝被另一种雪翻译，

从而侥幸地躲过了来自语言的暴力。

2015 年 3 月 4 日

公园散步偶得

1

湖边，一棵杨柳在孤独地垂钓
仿佛在它的倒影里，埋藏着一门失传的
分身术。那白云的编年史，波浪赠予的一页
我看到，在那个看不见的钩子上
是另一个坠落到湖底、又浮出水面的我
一部以淤泥为修辞风格的回忆录
或者：谢默斯·希尼寄存在爱尔兰沼泽中的
一只小邮袋；一枚在枯井里沉睡多年的
钥匙——而拒绝它，是西蒙娜·薇依毕生的使命

2

"……与天使较力并且得胜。"这神的话语
从亭子里传出，这曾被雅各发抖的手
紧紧抓住的应许
抚慰了一面被自己打碎、又瞬间恢复的
镜子。我想起透兰寄给我的同样一只
福音播放器，它还搁在书架上
仿佛只有灰尘，在那里代替我聆听

仿佛僭越的诗学，在湖面的涟漪中寻找

赦罪的凭据：一张新的唱片，有着刚刚擦拭过的痕迹

2013 年 5 月 1 日

本草纲目，给外公

方圆四十里，你的名声赛过县长甚至省长。
方圆四十里，你的妙手曾经无数次挽回凋零的春天。
那一年你背着药箱回到故乡，
月亮走你也走，沿途看到三五只民国的乌鸦。
民国的月光下乌鸦漆黑如灯，
山不转水转，乌鸦照你一程又一程。

而乡愁是另一盏不省油的灯，
照见沿途一群群死去的猪，它们死不瞑目，
仿佛旧社会的冤魂们早已集体上访。
追根溯源，甲型 H1N1 流感的罪名也应该早已发明。
遍地的苦难和心血都熬成了药，
万水千山，你的故乡在月光下越走越远。

那一年你背着坏名声从疫区回来，
革命像一种瘟疫正大规模流行。
地主的儿子，你再也不能做土地的主人。
那一年遍地的草药都起义了。
药罐子里，又苦又稠的汁液正水深火热，
陷入深渊的何止美舌藻，何止
贫瘠的土壤里长出的徐长卿。

再也无药可救了。

再也没有猛药可下。

应该说你的诊断基本值得信任，

这不是基于你名医的身份，恰恰相反

因为你也是一种尚未命名的疾病，

甚至连传统也是不可靠的，甚至压根儿就没有什么传统。

那虚无里长出的车前草和一个阶级一起

在一只溃烂的胃里翻滚。

你的妙手曾经无数次挽回凋零的春天，

但你无法挽留你的儿子，我不曾见过的三舅舅，

他被一把身轻如燕的剪刀刺穿了喉咙。

还有你远嫁嵊州楼下的二女儿，她短暂的生命像蚕的演奏，

结束桑园里秘密的留念。

像雨水供养的胡琴，一根弦突然绷断，

苦命的珍珠菜在苦命的天堂里疯长。

地主的儿子，泽漆和赤檀的同伴，

在这片从来不曾属于你的土地上，

你也终于把自己归还草木。

你给自己开出最后一帖药方：当归。

2009 年 5 月 16 日

西湖三章

1

悲观至极，却洋溢着一种
享乐主义的气息

对于早已死去的美，葬礼是多余的
就像一座塔，默默地向水里生长

隔着马路和车流，我看到，你的全身都是
泪水。十几棵柳树，一齐喊着你

2

对于告别，泪滴是多余的
正如那些看不见的根须在深处

吮吸。吮吸
那些来不及运走的淤泥，涂满了你的脸

先是你的额头，接着是眼睛、鼻子、耳朵、嘴唇
而深埋的舌头，需要再一次辨认、打捞

3

湖水始终比我说得更多，一种绝望
在拧紧钟表的发条

我俯下身，却仍然够不到你
因此需要一个韵脚，在暮色里踮起脚尖

罪始终显得迷人。修辞也迎来远山空蒙的礼物
水光潋滟，就像我提前写下的悼词

2012 年 11 月

罗隐故里指南

回家，再离家，这是第几次？
当你挥手作别，光屁股的男孩刚好
一个猛子扎进村口的溪水里。
一只鹅，带领一群鸭子，游进唐诗下游。

葛溪与湘溪，两条小溪在这里交汇，
像江南司空见惯的约会被我们无意中目睹。
跟随一头水牛，今天我们来到你的老家，
但已经没有牧童，用一支友善的短笛为我们指路。

只有两只忠诚的石虎还在给你守门。
而我们竟然胆敢靠近，仿佛一个时代的愚蠢，
已经受到宽恕，仿佛熏陶过你命运的风俗，
还在为我们升起祝福的炊烟。

你的名声早已超越这方圆五十里乡村。
你用语言的卷尺丈量过的世界却依然找不到边界，
仿佛只有你亲手栽种的那两棵桂花树才有资格
散发芬芳，给奇数的灵魂带来偶数的礼物。

贤哲，乞丐，还是圣徒？

在庙宇倒塌的年代这些又关你鸟事。

桂花凋零之后，你恶作剧般的嘲弄已无人继承，

为了发明闪电，你首先发明了一种方言。

2009 年 7 月 4 日

雨中收到南方友人快递的诗集

蜂巢柜里，一架"幽灵飞机"低低轰鸣。
大雨正骤，一次迫在眉睫的迫降
压低云团里安静的水库。
遥远洋面上，一场热带气旋替一只蝴蝶
睁开眼睛，但我不再关心它的名字，反正
接下去写的每一首诗都将是秋天的诗。
这些带着南方暑气和节律的句子，
从烟火缭绕的排挡起身，问候两支雨刮器
撑开的薄雾里不断瘦身的秋意。
我承认至今没把博纳富瓦读进去，
像一条冒失的桨橹迷失于歧义的水草，
误译的部分或许恰恰最精彩，
如同晦暗的日子，总会有意外的打赏。
一张透支的信用卡已把我锁住，
异议的鹅毛笔，为雁阵的余额添几枚鹅蛋。
法院的文件柜里，只有蟋蟀翻阅
灰尘涂改的案卷，一个深埋的冤魂
被降 E 大调彻夜弹奏，而申诉
早已失去对象，我的怯懦轻易地获得赦免。
石头教堂尖顶上的乌云，终于
被一把后备厢里沉睡已久的天堂伞催泪。

一颗仅存的雨滴抓住四散的伞骨

如缺席的神抓住强盗和兵丁。

但现实不可能被悬铃木的尖叫抓住，

它允许失魂落魄的我，与更多的冤魂错过。

2019 年 8 月 31 日

一种"作为遗作的诗学"（代后记）

蒋立波

　　此刻，窗外的知了正不知疲倦地大声嘶鸣，那竭尽全力的声线，联通着一只随身携带的音箱。在这地方性的鸣叫和一本诗集里词的沉默之间，生命的弦索绷紧着。

　　最近总是传来不好的消息。似乎空气里到处飘浮着死亡的颗粒，暗黑，粗大，沉重。在这样的空气里，我们呼吸艰难，似乎不知不觉中我们也成了疾病的一部分。死亡如影随形，马不停蹄追逐着我们。

　　长久以来，一种不容置疑的必然性统治着我们。死亡总是粗暴地阻断我们的生存，在这里面，一种巨大的可能性被活生生地扼杀，或者驳回，仿佛一切都没有存在过。而且总是在我们毫无准备的那一刻，死亡走到了我们面前。他说，请。他冷酷阴郁，但彬彬有礼。

　　那一刻，我几乎和回地不约而同地想到了一个概念：遗作的诗学。这是骨灰瓮里仁慈的灰烬对我的告诫：把每一首诗当作遗作来写，把写下的每一个词当作世界的遗骸。我们在整理已故朋友的遗作的同时，我们也在写下自己的"遗作"。"遗作"这个字眼，使呈现在纸上的每一首诗歌获得了一种庄严的感觉，也就是说，迟早有一天，我们自己的诗歌都将成为自己的"遗作",我们写下的每一个词,都难以逃脱"被整理""被检视"或"被淘洗"的命运。

赵健雄先生看到我这个说法后跟我说,遗作,听起来未免太悲观了。

或许他是对的。我们还是应该对这个世界报以希望。当然,我也相信他应该能够理解我是从诗学的意义上使用这个词。但我知道他的意思,他是希望朋友们的写作能够呈现出一种更加积极的价值。即便作为幸存者,我们也应该让我们的写作受雇于一种精神的建构,一种祝福和呼唤。

德国剧作家海纳·米勒曾经这样说道:"死人在历史中并未死去。戏剧的一个职能就是召唤死者——与死者的对话不能停止,直到他们交出与他们一起被埋葬的那部分未来。我们必须把死者当作对话伙伴或对话捣乱者来感受——未来只会从与死者的对话中出现。"尽管海纳·米勒谈论的是戏剧,但在本质上,诗歌与戏剧一样,也承担着召唤的职能。

是的,我刚才说到的"可能性"其实正是海纳·米勒所说的"被埋葬的那部分未来"。因为死亡,本来还在无限延展的那一部分生命,那丰富而生动的"未来",被无情地埋葬了。

那一天我赶在邮政局工作人员下班之前领取了王驰的诗集。从北方一家印刷厂里出发,经过一个星期的长途旅行，王驰以这样一种方式回到了我们身边。天气异常闷热，我拎着这两捆诗集，大汗淋漓。但我内心里感到的是一种欣慰。哦，我还能够出汗，这实在让我感到庆幸。在这个日益干涸的世界上，汗水和泪水或许是最后两种值得珍视的液体了。在汗水和泪水里，毕竟还珍藏着足够多的盐分，帮我们赎回那些丧失的东西。

这里我必须再次提起6月21日那个晚上。朋友们冒着大雨从各个方向赶来汇集到越乡茶楼，像一颗颗雨滴，从北京，从杭州，从绍兴，从各个角落，流淌到一起，抱成一个幸存者的俱乐部。像一个节日，我们一起迎接一位故去朋友的归来，尽管他是以缺席者的形式，但正因为缺席，所以他无处不在。他复活在那些词里：他生命的代码，有待我们一一破译。因为我相信"遗作里必有神秘的托付"。

这其间有一个荒诞而吊诡的插曲。因为我们跟王驰以及其他一些诗友曾经在"帝国茶楼"相聚，所以回地和我都倾向于在这个颇有纪念意义的地方举办王驰诗集的首发仪式。但杜客在群里告知，帝国茶楼停业了，可能要开到新的地方去。那意味着活动只能另外找地方了。

那晚我说到了一句话："幸亏还有死亡，把这些文字重新擦拭了一遍。"我由此想到，我们或许更应该赋予死亡更积极的意义。死亡不会是终结，它或许更是一个开始。只有在这样一个思考坐标里，死亡和生命才能获得一种有力的对称。也是在这样一个考古学的意义上，我们的写作确实应该像一把铁锹，致力于对死亡持续不断的挖掘，直至那"被埋葬的未来"重新出土。

或许，只有经过"死"的淘洗，"生"才是值得信赖的；也只有在"遗作"这个巨大瞳仁的逼视下，我们的写作才能获得一种鲜活、悲悯的力量，从而孤绝于这个时代，甚至孤绝于语言本身，最终抵达一种镌刻般的深邃。在那里，生与死的界限通过一种幽灵学的语言"遗嘱"被最终取消。"我仍可以看你"（策兰诗句），被埋葬的那部分未来被唤醒过来，并经由死者（遗作）交付给我们。就像神在创世纪里干过的那样，一具死亡的沃土里被吹入了一口气息。

"……嘴唇曾经知道"，当策兰这样在诗歌里喃喃自语，我们听到的正是那样一种"遗作"所散发的巫术般的呼唤。在一个人人被剥夺、人人是囚徒的权力结构和"囚徒困境"里，我们每时每刻都沦丧在被剥夺和被流放的深渊中，但幸亏"嘴唇曾经知道"。幸亏还有死亡，在那些晦明不定的时刻，一遍一遍，把蒙尘的纸页重新擦拭。

是不是可以这样说，有没有这样一种"遗作意识"，构成了对一个诗人生命长度和创造力的深刻测量。而那些杰出的诗人，是否意味着"提前进入遗作的行列"？他们自愿与幽灵结伴，他们只效忠于永恒和至高的存在，因此，正如华莱士·斯蒂文斯所言，他们提前"死掉了自己的死"。遗作意识是对匮乏和贫瘠的克服。遗作成了诗人的一份留给未来的供词，或精神自传。当然，这种"提前进入"毫无疑问是一种冒险，因为这样的"遗作"有赖于未来的呼唤并重新出土，也就是说，提前的进入也存在着被遗忘的可能。

在我的书架上，这样一类作家可以排成一个幽灵般的队列，并在不同的阶段影响了我：里尔克、狄金森、茨维塔耶娃、卡夫卡、黑塞、保罗·策兰、曼德尔斯塔姆、丽斯年斯卡娅、雷内·夏尔、奥康纳、海子、骆一禾、张枣……当然，在哲学与神学的领域也有这样一个长长的纵队：舍斯托夫、别尔加耶夫、朋霍费尔、本雅明、西蒙娜·薇依、齐奥朗……这个名单还可以继续排列下去。要着重强调的是，并不是说只有已故的优秀作家和诗人才有这样的"遗作意识"，而是应该倒过来说，在世时，他们的写作中就早已自觉不自觉地灌注进了这样强烈的意识。

有一点必须澄清，遗作意识并不意味着对死亡的迷恋和膜拜。恰恰相反，遗作意识是对死亡的超越。在死亡堆叠起来的巨大的建筑物上，他们的日常工作就是搬运这些死亡的砖石，最终留下一片空旷的废墟或遗址，留待另一种精神的重建，并以此抵抗一种可怕的匮乏和贫瘠。遗作意识是对匮乏和贫瘠的克服。

说到底，遗作意识乃是一种对神秘的转变和交换的深刻认识。诚如意大利学者阿甘本在一篇思想随笔里说的："如果对于犹太人来说，弥赛亚的时间永远意味着一个过去时间和将来时间的转变，那么这一节日（所有节日）的时间就意味着一个时间的反转，通过这一反转，完成和未完成、过去和未来相互发生了交换。"而对于写作者来说，每一次写作就是一个节日、一个庄严的仪式。在真正的写作中，不仅"完成和未完成、过去和未来相互发生了交换"，而且生与死也在界限的消弭中互换礼物。

在奉"出生入死"为圭臬的汉语言语境里，这种强调"向死而生""出死入生"的遗作意识未免显得陌生，从而因理解的难度而导致误读。

加拿大作家阿特伍德曾说道："所有的作家都在向死者学习。只要你继续写作，你就要继续探索前辈作家的作品。而且，你还感觉到自己被他们评判，要对他们负责。因为死者控制着过去，控制着故事，同样也控制着某些真理。死者或许在看守着宝物，但是如果不将宝物重新带回人间并允许宝物自此进入时间，宝物就只是无用的宝物。"

这段话里包含了一个杰出的作家对假想中的读者的选择、挑剔。也就是说，这样的"理想读者"可能存在于未来，更可能存在于过去。无论是前者还是后者，他们都有一个共同的特点，那就是他们都已经全然摆脱了各种短视、功利、虚荣的干扰，而只面对作品本身，以及作品背后的"人"。

因此，我们有必要去思考一种面向未来与过去的写作。因为有一点已经毋庸置疑，那就是在文学领域，死者甚至比生者更可靠。因为死者的评价和肯定比生者要更可信赖。比如，李白怎么评价我，或者杜甫怎么评价我，肯定比伊沙怎么评价我，西川怎么评价我，要显得重要，要更有价值。

　　"我们欠死者什么？"阿甘本的提问，或许可以理解为他代替诗的强有力一问。

2014 年 7 月 18 日
2019 年 5 月 5 日改